PATRICIA HIGHSMITH

Schreie der Liebe

Short stories

*Aus dem Amerikanischen übersetzt
von Dirk van Gunsteren,
Christa E. Seibicke
und Melanie Walz*

MANESSE VERLAG
ZÜRICH

Mit einem kurzen Ruck am Kettchen der Nachttisch-
lampe löschte Hattie das Licht, zog die Decke über
ihre Schultern und lag angespannt da. Sie wartete darauf, daß Alice' Schnüffeln und Husten verstummte.
«Alice?» Keine Antwort. Ja, sie schlief bereits, obwohl
sie immer behauptete, sie könne kein Auge zutun, bevor die Schlafzimmeruhr elf geschlagen habe.

Hattie rutschte vorsichtig zur Bettkante und streckte behutsam einen weißbestrumpften Fuß vor. Sie
drehte sich um und warf einen Blick auf Alice, von der
nichts als die spitze Nase sichtbar war, die zwischen
den Rüschen ihrer Nachthaube und dem bis über
den Mund hochgezogenen Laken hervorlugte. Sie lag
ganz still.

Hattie erhob sich leise; vor Erregung atmete sie in
kurzen Stößen. Im Halbdunkel erkannte sie zwei Ge-
bisse in ihren Wassergläsern auf dem Nachttisch. Sie
kicherte nervös.

Wie ein weißes Gespenst schlich sie durch das Zimmer, vorbei an dem viktorianischen Polstersofa. Am
Nähtisch blieb sie stehen; sie klappte die Platte hoch
und tastete zwischen Garnspulen und Schnittmustern,
bis sie die Schere gefunden hatte. Sie hielt sie fest in

der Hand und ging wieder quer durch das Zimmer. Vorhin hatte sie die Schranktür angelehnt gelassen, so daß sie sie jetzt geräuschlos öffnen konnte. Mit zitternder Hand langte Hattie in die Schwärze, ertastete die beiden Wollmäntel, ein paar Kleider. Schließlich fühlte sie etwas Flauschiges und nahm den Kleiderbügel heraus. Die Schere entglitt ihrer Hand. Lautes Klirren, gefolgt von halb unterdrücktem Lachen.

Sie spähte hinter der Schranktür hervor zu Alice, die reglos im Bett lag. Alice war ziemlich schwerhörig.

Mit steif hochgebogenen weißen Zehen stapfte Hattie zu dem Sessel am Fenster, auf den ein schmaler Streifen Mondlicht fiel, setzte sich und nahm die Angorajacke auf den Schoß. Zahnlos und dämonisch schimmerte ihr Gesicht im Mondlicht. Sie musterte die Jacke wie jemand, der ein Steak hin und her wendet, bevor er das Messer ansetzt.

Es war wirklich eine wunderschöne Strickjacke. Alice hatte sie letzte Woche von ihrer Nichte zum Geburtstag bekommen. Selbst hätte sie sich einen solchen Luxus niemals gegönnt. Sie freute sich darüber wie ein Kind und hatte sie seither jeden Tag zu ihren Kleidern getragen.

Die Schere schnitt leise knisternd die weiche Wolle der Ärmel zwischen Bündchen und Schultern entzwei. Hattie überlegte. Einen Schnitt noch. Im Rükken natürlich und nicht länger als zwanzig, dreißig Zentimeter, damit man ihn nicht gleich sah.

Sekunden später hatte sie die Schere in den Nähtisch zurückgelegt und die Strickjacke in den Schrank gehängt. Hattie lag zugedeckt im Bett und seufzte tief. Sie dachte an die aufgeschnittenen Ärmel, an das Gesicht, das Alice morgen früh machen würde. Die Jacke war nicht mehr zu reparieren und Hattie ausgesprochen zufrieden.

Um halb neun weckte das Zimmermädchen sie. Das immer gleiche Ritual: ein dreimaliges, knochiges Klopfen an der Tür, begleitet von der lauten und leicht unverschämten Ankündigung: «Halb neun. Sie können jetzt frühstücken!» Dann rüttelte Hattie, die immer als erste aufwachte, Alice an der Schulter.

Mechanisch setzten beide sich im Bett auf und streiften sich das Nachthemd über den Kopf, wobei saubere weiße Unterwäsche zum Vorschein kam. Beide schwiegen. Sieben Jahre des Zusammenlebens hatten ihre Konversation auf ein absolutes Minimum eingedampft.

Doch an diesem Morgen mußte Hattie an die Angorajacke denken. Ihr war mulmig zumute, aber ihr fiel nichts ein, womit sie die Spannung hätte lindern können, und so widmete sie ihrem Haar mehr Zeit als sonst. Sie hatte einen Zopf, der beinahe einen halben Meter lang war und den sie um ihren Kopf wand. Jeden Morgen löste sie ihn für die hundert Bürstenstriche. Ihr Haar war ihr einziger Stolz. Schließlich stand sie auf, trat unbehaglich von einem Fuß auf den anderen und tat, als machte sie sich an den Druckknöpfen ihres Kleides zu schaffen.

Alice stand am Waschbecken, gurgelte mit lauwarmem Salzwasser und schien dafür eine Ewigkeit zu brauchen. Trotz Hatties verführerischer Flasche mit rotem Mundwasser, die auf dem Bord stand, hielt sie eigensinnig an dieser Prozedur fest.

«Worüber kicherst du jetzt schon wieder?» Alice wandte sich vom Becken um, ein leises Lächeln auf dem feuchten Gesicht.

Hattie schwieg betreten, sah das Gebiß im Glas auf dem Nachttisch und kicherte erneut. «Hier sind deine Zähne.» Linkisch reichte sie Alice das Glas. «Ich dachte schon, du würdest ohne zum Frühstück gehen.»

«Aber Hattie, mein Gebiß habe ich doch noch nie vergessen!»

Alice lächelte in sich hinein. Es würde ein schöner Tag werden, dachte sie. Mrs. Crumm und ihre Schwester waren von einem Wochenendausflug zurück, und nachmittags konnten sie miteinander Rommé spielen. Sie ging auf Strümpfen zum Kleiderschrank.

Hattie sah zu, wie sie das mattblaue Kleid aus dem Schrank nahm, das am besten zu der beigefarbenen Angorajacke paßte. Sie öffnete sämtliche kleinen Knöpfe an der Vorderseite der Jacke, nahm sie dann vom Bügel und fuhr in einen Ärmel.

«Oh!» entfuhr es ihr wie ein Stöhnen. Dann kniff sie die Augen zusammen und verzog das Gesicht wie ein kleines Kind. Im Nu rannen ihr Tränen über die Wangen. «H-H-Hattie!»

Hattie grinste unbehaglich, obwohl sie die Situation ausgiebig genoß. «Nein, so was!» rief sie. «Wer stellt denn so etwas an!» Sie setzte sich auf die Bettkante und krümmte sich vor Lachen.

«Das warst du, Hattie!» erklärte Alice mit zitternder Stimme. Sie hielt die Strickjacke an sich gedrückt. «Hattie, wie gemein du bist!»

Hattie hatte sich auf das Bett fallen lassen und lachte hemmungslos. «Aber Alice, du weißt doch, daß ich keine Ahnung… haha! Wie kommst du bloß auf die Idee…» Vor Lachen konnte sie nicht weitersprechen. Sie mußte ein paar Minuten liegenbleiben, bis sie sich so weit beruhigt hatte, daß sie zum Frühstück hinuntergehen konnte. Als sie das Zimmer verließ, saß Alice schluchzend im Sessel am Fenster und hatte das Gesicht in die Angorajacke vergraben.

Erst als man sie zum Mittagessen rief, kam Alice herunter. Bei Tisch plauderte sie mit Mrs. Crumm und deren Schwester, ohne Hattie eines Blickes zu würdigen, die ihr unruhig, schweigsam, aber kein bißchen zerknirscht gegenübersaß. Alice hätte sie tagelang wie Luft behandeln können, ohne damit die leisesten Gewissensbisse in ihr zu wecken.

Es war ein herrlicher Tag. Nach dem Mittagessen gingen sie mit Mrs. Crumm, ihrer Schwester und Mrs. Holland, der Empfangsdame, in den Gramercy Park.

Alice tat so, als wäre sie völlig in ihr Buch vertieft. Es stammte aus der Hotelbücherei und war ein Kriminalroman von ihrem Lieblingsautor. Mrs. Crumm und ihre Schwester bestritten das Gespräch fast ausschließlich. Ein Wochenendausflug brachte genügend Gesprächsstoff für mehrere Nachmittage, und Mrs. Crumm konnte sich an jede einzelne Speise erinnern, die sie in dieser Zeit zu sich genommen hatte.

Der monotone Singsang der Stimmen und die Wärme der Sonne lullten Alice in Halbschlaf. Die Buchstaben verschwammen ihr vor den Augen.

Früher am Tag hatte sie sich vorgenommen, Hattie künftig anders zu begegnen. Sie würde kühl und distanziert sein. Hattie hatte sich nicht zum ersten Mal eine solche Schandtat erlaubt. Sie dachte an den Tintenfleck auf ihrer Spitzentischdecke vor ein paar Monaten, einen Tag bevor sie die Decke ihrer Nichte hatte schenken wollen … Und an den verschwundenen Saffianlederband mit Tennyson-Gedichten. Ganz sicher hatte Hattie ihn irgendwo versteckt. Heute abend, beschloß sie, würde sie ganz ruhig ihre Sachen packen, Hattie einen kurzen, aber sorgfältig formulierten Brief schreiben und das Hotel verlassen. Sie konnte in ein anderes Hotel in der Nachbarschaft ziehen, über Mrs. Crumm ihre neue Adresse ausrichten lassen und mit Genugtuung erleben, daß Hattie kam und sich entschuldigte. Leider war sie jedoch gar nicht sicher, daß Hattie tatsächlich zu ihr kommen würde, und diese Unsicherheit hinderte sie daran, einen so drastischen Weg einzuschlagen. Was, wenn sie ihr restliches Leben allein verbringen müßte? Es war einfach bequemer, dort zu bleiben, wo sie war, nachmittags eine nette Partie Rommé zu spielen und sich im Kleinen zu rächen. Außerdem, versuchte sie sich zu trösten, war es entschieden damenhafter. Weiter dachte sie nicht; sie hatte keinen konkreten Plan, was sie sagen oder tun würde, um Hattie zu verletzen. Die Gelegenheiten würden sich von allein ergeben.

Mrs. Holland stieß sie mit dem Ellbogen an. «Wir gehen jetzt Eis essen, und dann spielen wir ein bißchen Rommé.»

«Mein Buch ist gerade so spannend», sagte Alice, doch sie erhob sich mit den anderen, und als sie zum Drugstore gingen, war sie beinahe gut gelaunt.

Alice gewann beim Rommé, und das genoß sie. Hattie, die sie den ganzen Tag über besorgt beäugt hatte, war sehr erleichtert, als Alice sich wieder dazu herbeiließ, das Wort an sie zu richten.

Dennoch ging Alice die ruinierte Strickjacke nicht aus dem Sinn; sie fand es ungerecht, und es wurmte sie. Sie schämte sich richtiggehend, daß sie die Sache so offenkundig auf die leichte Schulter nehmen konnte. Das mußte Hattie dazu ermuntern, ihr Mütchen an ihr zu kühlen. Sie wünschte, sie wäre zu echten Haßgefühlen fähig.

Um neun Uhr saßen sie in ihrem Zimmer und lasen. Jede Spur von Befangenheit oder vorgeblicher Zerknirschung bei Hattie war verschwunden. «War das nicht ein netter Tag?» wagte sie sich vor.

«Hm-mm», antwortete Alice, ohne von ihrem Buch aufzusehen.

«Na ja», erfolgte die unvermeidliche Bemerkung samt unvermeidlichem Gähnen, «ich glaube, ich gehe jetzt ins Bett.»

Und kurz darauf saßen beide im Bett, vier Kissen im Rücken, und lasen. Hattie die Zeitung, Alice ihren Kriminalroman. Eine Zeitlang herrschte Schweigen, dann rückte Hattie ihre Kissen zurecht und streckte sich aus. «Gute Nacht, Alice.»

«Gute Nacht.»

Bald löschte Alice das Licht, und im Raum kehrte völlige Stille ein, die nur das leise Ticken der Uhr und das gelegentliche Summen eines vorbeifahrenden Wagens unterbrachen. Die Uhr auf dem Kaminsims surrte und schlug dann zehn.

Alice lag mit offenen Augen da. Den ganzen Tag hatte sie die Tränen zurückgehalten, und nun ließ sie ihnen freien Lauf, und es waren nicht die kindischen Tränen, die sie am Morgen vergossen hatte, das spürte sie. Sie wischte sich die Nase am Laken ab.

Sie stützte sich auf einen Ellbogen. Der dunkle Zopf lag wie eine Bordüre neben Hatties Hals und Schulter auf dem weißen Laken. Sie fühlte sich sehr stark, stark genug, um Hattie mit bloßen Händen zu erwürgen. Doch der Gedanke an einen Mord verschwand so schnell, wie er gekommen war. Ihre Rache sollte etwas Dauerhaftes sein, etwas Schmerzliches, etwas,

was Hattie erdulden mußte und was sie selbst genie-
ßen konnte.

Dann fiel ihr etwas ein, und schon war sie aus dem
Bett gesprungen, trat kühn an den Nähtisch, genau
wie Hattie vierundzwanzig Stunden zuvor ... Und sie
stand am Bett, beugte sich über Hattie, spähte mit
kurzsichtigen Augen durch ihre Tränen hindurch auf
Hatties friedliches, schlafendes Gesicht. Zwei Schnit-
te, und der Zopf wäre am Haaransatz abgeschnitten.
Doch Alice setzte die Schere ein wenig tiefer an, wo
der Zopf fester geflochten war. Sie drückte mit beiden
Händen zu und arbeitete sich durch den Zopf, als
Hattie von der Berührung des kalten Metalls an ihrem
Hals erwachte. *Schnapp* – da war der Zopf auch schon
durchgetrennt.

«Was ist los? Was ...?» sagte Hattie.

Der Zopf lag wie eine dunkelgraue Schlange auf
dem Laken.

«Alice!» Hatties Hand fuhr zu ihrem Hals und
tastete nach dem steifen Ende des Zopfstumpfes.
«Alice!»

Alice stand ein Stück vom Bett entfernt und starrte
Hattie an, die im Bett saß, und mit einemmal über-
kam sie Heiterkeit. Sie kicherte, und zugleich traten
ihr die Tränen in die Augen. «Du warst es!» sagte sie.
«Du hast meine Jacke zerschnitten!»

Alice' Versuch, sich zu verteidigen, war ganz un-
nötig, denn Hattie war wie vor den Kopf geschlagen
und am Boden zerstört. Sie wollte aufstehen und zum

Spiegel gehen, sank jedoch weinend und stöhnend wieder zurück und befühlte das schreckliche Ding an ihrem Kopf. Dann warf sie sich hin und weinte ins Kissen. Alice blieb auf und setzte sich schließlich in den Sessel. Sie war voller Energie und kein bißchen müde. Erst gegen Morgengrauen, als Hattie schon längst eingeschlafen war, legte auch sie sich wieder ins Bett.

Am nächsten Morgen sprach Hattie kein Wort und sah Alice nicht einmal an. Den abgeschnittenen Zopf legte sie in eine Schublade. Sie band sich ein Kopftuch um und ging hinunter zum Frühstück, und im Speisesaal setzte sie sich an einen anderen Tisch als den, an dem Alice und sie gewöhnlich saßen. Alice sah, daß sie nach dem Frühstück mit Mrs. Holland sprach.

Wenige Minuten später kam Mrs. Holland zu Alice, die in einer Ecke des Salons saß und las.

«Ich glaube», sagte sie freundlich, «es wäre besser, wenn Sie und Ihre Freundin für eine Weile getrennte Zimmer hätten, meinen Sie nicht auch?»

Alice war überrascht, auch wenn sie mit Schlimmerem gerechnet hatte. Was sie über die vergossene Tinte, die verschwundene Tennyson-Ausgabe und die zerschnittene Jacke hatte sagen wollen, behielt sie nun für sich. Statt dessen antwortete sie: «Ja, das finde ich auch, Mrs. Holland. Ich bin mit allem einverstanden, was Hattie will.»

Alice bot sich an, ein anderes Zimmer zu beziehen, doch es war Hattie, die auszog. Sie nahm ein kleineres Zimmer, das ein Stück weiter auf derselben Etage lag.

In dieser Nacht fand Alice keinen Schlaf. Das lag nicht daran, daß sie ständig an Hattie dachte oder auch nur im mindesten bereute, was sie getan hatte – nein, ganz und gar nicht. Vielmehr war nun, da sie allein war, alles anders: der Raum, die Dunkelheit, ja sogar das Ticken der Uhr. Ein paarmal hörte sie Schritte vor der Tür und dachte, es sei Hattie, die zurückkehrte, doch es waren nur Leute, die zur Toilette am Ende des Flurs gingen. Alice kam der Gedanke, sie könne an Hatties Tür klopfen und sich entschuldigen, aber andererseits: Warum sollte sie?

Am nächsten Morgen merkte sie Hattie an, daß sie ebenfalls nicht geschlafen hatte. Wieder wechselten sie kein Wort und sahen einander nicht an, und sowohl beim Rommé als auch beim Tee um halb fünf setzten sie sich an verschiedene Tische. Auch in dieser Nacht schlief Alice sehr schlecht und schob das auf das Lammragout, das ihrer Verdauung zu schaffen machte. Hattie würde dieselben Probleme haben, denn ihre Verdauung funktionierte noch schlechter.

Es vergingen drei weitere Tage und Nächte, und die Strapazen der Schlaflosigkeit gruben sich in ihre Gesichter. Mrs. Holland bemerkte es und bot Alice ein Schlafmittel an, das diese jedoch höflich ablehnte. Sie hatte ihren Stolz und würde sich nicht anmerken lassen, wie sehr Hatties Abwesenheit an ihr zehrte, und außerdem fand sie es undiszipliniert und schwächlich, zu einem Schlafmittel zu greifen. Hattie würde es vielleicht tun.

Am fünften Tag klopfte Hattie um drei Uhr nachmittags an Alice' Tür. Wieder hatte sie ein Tuch um den Kopf gebunden, eines von dreien, die sie besaß, und dieses war eins, das Alice ihr im vergangenen Jahr zu Weihnachten geschenkt hatte. «Alice, ich möchte mich bei dir entschuldigen, wenn du dich auch entschuldigst», sagte Hattie, und ihre Lippen zuckten und zitterten, als müsse sie gegen Tränen ankämpfen.

Für Alice war dies der Augenblick des Triumphs – er hätte es jedenfalls sein sollen. Und eigentlich empfand sie auch Genugtuung, auch wenn irgend etwas – sie wußte nicht genau, was es war – diese Genugtuung dämpfte und bewirkte, daß es kein reiner Triumph war. «Es tut mir leid, daß ich deinen Zopf abgeschnitten habe, wenn es dir leid tut, daß du meine Jacke zerschnitten hast», antwortete Alice.

«Ja, es tut mir leid», sagte Hattie.

«Und der Tintenfleck auf meinem Tischtuch? Und wo ist meine Tennyson-Ausgabe?»

«Ich habe sie nicht», sagte Hattie und war noch immer den Tränen nahe.

«Du *hast* sie nicht?»

«Nein», erklärte Hattie entschieden.

Und mit einemmal wußte Alice, was geschehen war: Hattie hatte das Buch irgendwann, irgendwo vernichtet, und darum stimmte es, daß sie es nicht hatte. Alice wußte auch, daß sie nicht darauf herumreiten durfte. Sie mußte vergeben und vergessen, doch zu dieser Entscheidung kam sie weder gefühlsmäßig noch intellektuell – sie wußte es einfach und verhielt sich dementsprechend. «Na gut, Hattie, wenn du willst, kannst du wieder einziehen.»

Also zog Hattie wieder ein. Beim Kartenspiel um halb fünf saßen die beiden allerdings noch immer an verschiedenen Tischen.

Hattie hatte noch nie im Leben so viel Stolz hinuntergeschluckt wie in dem Augenblick, da sie an Alice' Tür geklopft und gesagt hatte, es tue ihr leid, und nachdem die alte Ordnung wiederhergestellt war, schlief sie wesentlich besser. Und doch nagte an ihr ein hartnäckiges Gefühl, daß das alles ungerecht war. Ein Buch mit Gedichten und eine Strickjacke ließen sich immerhin ersetzen, aber ihr Haar? Alice hatte sich an ihr gerächt, ja sie hatte sich mehr als gerächt. Die Rechnung war nicht ganz ausgeglichen.

Nach einigen Tagen war das Verhältnis zwischen den beiden wieder normal. Sie sprachen wenig miteinander, gingen jedoch äußerlich freundlich miteinander um und saßen beim Essen und Kartenspielen am selben Tisch. Mrs. Holland schien zufrieden. Bei einem Ausflug mit Mrs. Holland und den anderen Damen sah Alice in einem Schaufenster an der Madison Avenue ein Haartonikum, und ihr kam der Gedanke, sie könnte es Hattie mitbringen. Doch sie tat es nicht. Auch die «Spezialkur», die auf der Rückseite einer Zeitschrift annonciert war und das Haar angeblich besonders schnell und kräftig wachsen ließ, bestellte sie nicht, obgleich sie jedes Wort der Anzeige las.

Inzwischen trauerte Hattie stumm um ihren abgeschnittenen Zopf. Sie bürstete ihr Haar so gewissenhaft wie eh und je, allerdings nur, wenn Alice gerade badete oder nicht im Zimmer war. Nichts, was Alice besaß, erschien Hattie bedeutsam genug für ihre Rache. Aber bald war Weihnachten. Hattie war entschlossen, Geduld zu üben und abzuwarten, was Alice geschenkt bekommen würde.

VERWUNSCHENE FENSTER

I

Hildebrandt wußte, daß die verwunschenen Fenster ihn jeden Abend in die menschenleere Bar lockten, doch nie hätte er das zugegeben. Die verwunschenen Fenster waren lediglich Türen, die wie Fenster im Heck einer Galeone aussehen sollten, das grotesk aus der roten Brokatwandbespannung herausragte und den Eingang zum gigantischen Pandora-Saal bildete. Viktorianisch war entschieden nicht sein Stil, doch die Fenster machten alles wett. Ihre golden überhauchten Flügel in den Messingscharnieren waren jeden Abend wie beiläufig in einem anderen Winkel geöffnet und sahen erregt und spannungsvoll aus, als stünden sie im Begriff, ein Wunder eintreten zu lassen.

Er wandte sich von seinem Brandy ab, um noch einen Blick auf sie zu werfen, und rezitierte in Gedanken müßig: «Verwunschene Fenster auf einsamen Feeninseln, die sich öffnen auf die Gischt gefahrvoller Meere. Einsame Feeninseln! Ein Wort wie Glokkenklang!»

Oh, wann würde jemand, Mann oder Frau, durch diese verwunschenen Fenster und in sein Leben treten? Oder wurde er langsam zu einem der alten Inventarstücke, die immer sein Mitleid und bisweilen seine Verachtung geweckt hatten – der brandybeduselte, etwas tölpelhafte Herr an der Bar, der sein Leben mit Warten verbrachte?

Deprimiert begutachtete er den Pandora-Saal. Seine dunkelbraunen Augen waren von den faltigen Lidern, die sich über die äußeren Augenwinkel senkten, überschattet. Obwohl ihn außer dem Barkeeper niemand sehen konnte, war er sich seiner aristokratischen Lider bewußt, als er sich auf seinem Hocker gerade aufrichtete und den Raum mit dem Ausdruck nachdenklicher Überlegenheit musterte. Weit weg bediente ein Kellner inmitten eines Friedhofs weißgedeckter Tische einen vereinzelten Gast. Girlanden aus grauem und rotem Samt hoch oben an den Wänden kaschierten Lautsprecher, aus denen sich unablässig Tonbandmusik in den unwandelbar leeren Kelch ergoß, der mit Wandbespannungen, Perserteppichen und vergoldeten Zierleisten ausgestattet war. Hintergrundmusik als Hintergrund zu nichts, dachte Hildebrandt. Die gargantueske Einsamkeit des Ortes ließ die seine bisweilen zu schierer Unmerklichkeit schrumpfen. Er fragte sich, ob auch das ein Grund war, weshalb er herkam.

«Pandora-Saal», flüsterte er, «was für Spott und Hohn auf deinen Namen!»

Er ließ sich auf dem hohen Hocker mit den eleganten Beinen etwas zusammensacken und drehte zwischen seinen Fingern den Stiel des Brandyglases, das wie ein Fingerhut mit Stengel aussah. Seine schmächtige Gestalt im dunklen Anzug war so unauffällig wie ein Kerzendocht. Die bernsteinfarbene Bar, die nur eine Ecke des großen Saals ausfüllte, schimmerte um ihn herum wie eine flackernde Flamme.

Jetzt begutachtete er sein Aussehen kritisch in dem Spiegel hinter der Bar. Die kindliche Hoffnung, von der Langeweile befreit zu werden, die für gewöhnlich nur hin und wieder aus seinem Überdruß hinauslugte, stand ihm jetzt deutlich vor Augen, so wie ein eingesperrtes Kind, das sich immer weiter wehrt und ruft: «Was hast du mit mir angestellt? ... Was hast du mit mir vor?» Sein Gesicht gehörte zu denen, die man sich schwer merken und leicht vergessen kann, ein farbloses Gesicht, dem der breite, kurzgeschnittene Schnurrbart keinen Akzent verlieh. Was es an Charakter besaß, war ererbt, während seine Individualität in völliger Farblosigkeit bestand. Die Lider hätten sehr wohl bereits alt sein können, als er sie bekam; mittlerweile erinnerten sie ihn an abgetragene Spitzenvorhänge vor Rundfenstern in einem verfallenden Herrenhaus. Er mußte sich eingestehen, daß sein Gesicht schon jetzt das typische Gesicht des ewig wartenden Herrn an der Bar in einem der größten und konservativsten New Yorker Hotels war.

Ich bin nicht unbedingt einsam, sondern einfach schrecklich allein, dachte er. Denn obwohl er ohne zu übertreiben viele Freunde sein eigen nennen konnte, alte wie neue, langweilten ihn jede und jeder einzelne darunter und führten ihm um so eindrücklicher vor Augen, daß der ewiggleiche Trott, in dem er gefangen war, sein ganzes Leben umfaßte – es sei denn, er war gesonnen, es als behagliche Sinekure aufzufassen, die er aus freien Stücken niemals aufgeben würde.

«Noch einen Brandy, Sir?»

«Ja, bitte.»

Er wünschte, der Barkeeper wäre weniger aufmerksam, doch was sollte der arme Kerl sonst tun? Hildebrandt beobachtete, wie leuchtendgelbe Zitronenschalenschnitze von seinem Messer in ein altmodisches Glas fielen, sah die geschwungene Bar aus poliertem Eichenholz entlang, auf der weitere Gläser standen, und fragte sich, wann und von wem all diese Martinis getrunken werden würden.

«Klick!»

Hildebrandt fuhr zusammen, obwohl er wußte, daß der Barkeeper nur durch die kleine Tür mit Messingklinke verschwunden war und im nächsten Augenblick mit einer Schachtel Würfelzucker oder einem Armvoll Limetten wiederkommen würde.

«*A pretty girl … is like a melody*», säuselte die Musik mit schmalzigen Streicherklängen.

Welches hübsche Mädchen? dachte Hildebrandt. War ihm nach einem hübschen Mädchen zumute? Ein unerträglicher Gedanke. Er zupfte die Manschetten unterhalb der Granatmanschettenknöpfe zurecht und blickte wieder zum Heck der Galeone.

Eine untersetzte Frau mit großem schwarzen Hut trat ein, warf einen prüfenden Blick in den Raum, machte eine winkende Handbewegung und stapfte durch das Meer von Perserläufern zu einem entfernten Tisch.

«Klick!»

Der Barkeeper erschien, den Arm voller Limetten. Hildebrandt wandte den Blick ab.

Das war sein letzter Brandy. In etwa einer Viertelstunde würde er beobachtet haben, wie zwei, drei pensionierte Dauergäste zu einem späten Abendessen erschienen und möglicher-, wenn auch nicht allzu wahrscheinlicherweise ein Paar Männer mittleren Alters, gutgekleidet, doch von jener unvorstellbaren Farblosigkeit, wie sie nur das Hotel Hyperion anzulocken schien, in die Bar kamen und in höflichem Abstand zu ihm Old Fashioned bestellten. In einer Viertelstunde würde er seine Zeche beglichen haben und gemächlich durch das Heck der Galeone gewandert sein, ohne die Hoffnung auf eine unvorstellbare und unvorstellbar aufregende Unbekannte aufgegeben zu haben, bis er sich plötzlich auf dem Gehsteig neben der Markise des Hoteleingangs wiederfand. Dort würde die geballte Trostlosigkeit über ihn hereinbrechen und ihn aller Poesie, Seelenruhe und Willenskraft berauben, und er würde überlegen, ob er mit einem Taxi oder der U-Bahn nach Hause fahren oder zu Fuß zum nächsten Kino gehen oder seinen Freund Bracken besuchen sollte, der gleich um die Ecke in der Sixth Avenue wohnte. Er hatte Bracken noch nie besucht, doch die bloße Möglichkeit war trostspendend, weshalb er oft daran dachte.

Doch jetzt war er allein.

Im Empfangsraum hinter der Galeone blieb ein Mann stehen, warf einen Blick in das Restaurant und ging weiter. Die Fensterflügel und die Kerzenhalter funkelten wie die Funken eines Feuerwerks. Die Galeone schwebte in einem Nebel goldenen Lichts. Als er beschämt merkte, daß diese Sinnestäuschung durch Tränen verursacht war, kippte Hildebrandt den Rest seines Brandys, der ihm in der Nase brannte, so daß er die Galeone durch noch mehr Tränen sah.

Ein schwarzer Umriß wurde im Mittelpunkt des goldenen Lichts sichtbar. Es war die Gestalt einer Frau, deren Haar den gleichen Goldton hatte wie die Türen. Unvermittelt verspürte Hildebrandt ein ekstatisches Glücksgefühl, wie es die verwunschenen Fenster noch nie bewirkt hatten, den Schock des Wiedererkennens. Dieses Gefühl hatte er sich vorgestellt für den Moment, wenn die ihm vom Schicksal Bestimmte erschien, doch jetzt mußte er lächeln, weil er es kaum zu glauben wagte. Die nebulöse, nicht in Worte zu kleidende Verheißung, die seit zwei Wochen vom Heck der Galeone ausgegangen war, hatte sich offenbar mit einemmal von den verwunschenen Fenstern gelöst und an die Frau geheftet, die sie als Einlösung dieser Verheißung offenbarten.

Er wandte sich zur Bar zurück; nicht einmal im

Spiegel wagte er den Blick auf sie zu richten. Ihre Gegenwart hinter ihm erfüllte den ganzen Raum. Bevor er wieder hinsah, mußte er entschieden haben, wie er sie ansprechen wollte. Doch zugleich war alles wie vorherbestimmt, wie im vorhinein festgelegt.

Er beglich seine Zeche, drehte sich um und ging mit der gleichen Gelassenheit, mit der er auf die verwunschenen Fenster zugegangen wäre, auf die Frau zu, die an einem Tisch mitten im Meer leerer Tische saß.

Sie blickte auf, als er näher kam; verwirrt durch die Nähe zu ihr, konnte er nur wahrnehmen, daß sie ihn ohne Überraschung betrachtete – genau, wie er es erwartet hatte. Ganz gewiß würde auch sie ihn wiedererkennen!

Er deutete eine Verbeugung an. «Wenn Sie gestatten, möchte ich Ihnen einen guten Abend wünschen.» Sie war schlank und großgewachsen, den Fenstern ähnlich, das Herz ihrer Poesie. «Oliver Hildebrandt ist mein Name», fügte er hinzu.

Sie war älter und zurückhaltender, als er gedacht hatte. Er konnte nichts Konkretes wahrnehmen außer glattem hellbraunen Haar unter einem kleinen Hut mit Schleier. Ihr Schweigen verwirrte ihn.

«Erwarten Sie jemanden?» fragte er.

«Nur einen Kellner.»

«Hätten Sie etwas dagegen, wenn ich mich einen Augenblick zu Ihnen setze?»

Vielleicht runzelte sie ein wenig die Stirn. Dann wies sie auf einen freien Stuhl. «Bitte sehr.»

Er zog den Stuhl heran und setzte sich. Sie sah angenehm aus, dachte er, wenngleich ihr nichts von dem Interesse an ihm, das er erwartet hatte, anzumerken war. Ihr Gesicht hinter dem Schleier war schmal und sehr blaß, und erschrocken sah Hildebrandt, daß unter dem rechten Auge eine dünne Narbe begann, deren Ende er nicht sehen konnte.

«Sie sind hier zum ersten Mal, nicht wahr?»

«Ja.»

Sogar ihre Stimme klang so, wie er erwartet hatte. Die Brandys verliehen ihm den Mut, trotz ihres Desinteresses weiterzusprechen. «Wie sonderbar, daß Sie hergekommen sind.»

«Wirklich? Sehr einladend sieht es hier nicht aus.»

Er lachte. «Ich weiß wirklich nicht, warum irgend jemand hierherkommt, aber –» Er schwankte zwischen Großspurigkeit und Offenheit, und da er sich nicht entscheiden konnte, sagte er: «Ich komme wegen dieser Fenster.»

Nicht einmal sich selbst gegenüber hätte er in diesem Augenblick zugegeben, wie sehr er mit einer verständnisvollen Antwort rechnete. Er betrachtete ihre grauen Augen, die müde aussahen, nicht amüsiert wie ihr Mund, und deren Blick zum Eingang und zurück zu ihm wanderte.

«Die Fenster sind romantisch», sagte sie in einem angenehmen Alt, der ihn erregte. Und zugleich hatte sie es wie eine nüchterne Feststellung gesagt.

«Ja. Absurd – und dennoch romantisch.» Er hielt

ein Streichholz an ihre Zigarette, bevor sie ihr Feuerzeug benutzen konnte, nahm sich eine eigene Zigarette und warf seine Schachtel Players auf den Tisch. «Wollen Sie mir nicht Ihren Namen sagen?»

«Oh», sagte sie lächelnd, «der ist am allerunwichtigsten.»

«Aber ich habe Ihnen meinen gesagt.» Er schaute das Feuerzeug im grünen Eidechslederfutteral an. «Ihre Initialen weiß ich – H.C. Also können Sie mir ruhig den ganzen Namen sagen.»

«Vielleicht Legion. Das könnte auf uns beide zutreffen.»

Hildebrandt lachte unsicher, berührte das Brandyglas, das auf einmal aufgetaucht war, und sah zu, wie sie an ihrem Glas nippte. Das war der Augenblick, in dem er einen Trinkspruch hätte ausbringen müssen. Wichtiger jedoch schien, sie aus ihrer Lethargie zu rütteln.

«Wissen Sie, ich hoffe, Sie halten mich nicht für unhöflich», sagte er im Vertrauen, es nicht gewesen zu sein.

«O nein. Ich bin froh, daß Sie ein Gespräch mit mir angefangen haben.»

Hildebrandts Selbstvertrauen tat einen Sprung, beförderte ihn auf die Stuhlkante und ließ ihn den Blick träumerisch in die Ferne richten, wie er es gern tat, bevor er Worte sagte, die er auswendig gelernt hatte. «Es ist wirklich sonderbar, aber es gibt so vieles, was ich Ihnen erzählen möchte – von Passatwinden und lapislazuliblauen Meeren und vielleicht von den Moscheen des alten Persiens ... und davon, wie Sie heute abend in diesen Raum kamen.»

«Erzählen Sie», sagte sie ruhig. «Ich höre Ihnen gerne zu.»

Sie hatte sich entspannt und wirkte plötzlich, als wäre sie von ihm abhängig. Hildebrandt empfand unermeßliche Zärtlichkeit für sie. «Geht es Ihnen nicht gut?»

Sie lächelte. «Später. Erzählen Sie mir etwas über alles oder nichts.»

Das hatte er sich ersehnt. Sie war entzückend. Doch während die freudige Erwartung dessen, was er ihr erzählen wollte, in seinem Geist wirbelte, kam ihm der Gedanke, ihr zuerst all die Stunden an der Bar zu schildern, das Gefühl, lebendigen Leibes zu verfaulen, die völlige Ziel- und Freudlosigkeit all seines Tuns, den unbenennbaren Traum der verwunschenen Fenster, bis sie gekommen war. Und was sonst?

«Soll ich von Österreich erzählen?»

«Was immer Sie wollen.»

Wohin war Österreich entschwunden? Er entsann sich eines Skiausflugs mit Thermosflaschen voll amerikanischer Bohnensuppe. Und der Blondine, die zu lieben er sich eingebildet hatte, aber nicht genug, um ihr nach Hamburg zu folgen. Oder war es Bremen gewesen?

Die fremdländischen Szenerien, die ihm einfielen, sah er wie durch einen Vorhang aus Nebel und Gier.

Er konnte sie jetzt nicht für sie in Worte fassen. «Wie wäre es mit Paris?»

«Ja», sagte sie.

Das Kaleidoskop seiner letzten fünfzehn Lebensjahre drehte sich langsam um ihn und die Frau neben ihm wie eine dünne Schutzschicht, die sie umschloß und von der Welt abschirmte. Alles, was er jetzt sagen konnte, wäre das richtige, weil innerhalb dieser Schutzschicht alles vollkommen war.

«Nein», sagte er lachend. «Soll ich Ihnen mein entsetzlichstes Erlebnis erzählen? Das war mein Erlebnis der Einsamkeit. Hier.» Er sah zur hohen Kassettendecke hoch.

Sie lächelte verhalten. «Solche Erlebnisse kenne ich.»

«Dann wissen Sie, was einem da widerfährt.» Er war nicht unzufrieden. Dann sagte er: «Natürlich ist so etwas nicht schön.»

«Nein. Wann haben Sie es erlebt?»

«Bis Sie heute abend hereingekommen sind.»

Sie schwieg.

Das Kaleidoskop drehte sich langsam; sein Muster war verwischt und sofort vergessen. Klar erkennbar war nur ihr schmales Gesicht hinter dem Schleier, der machte, daß ihm war, als sehe er sie nachts in einem umzäunten Garten.

«Sind Sie sich dessen gewiß, daß es ein Ende nahm, als ich hereinkam?»

«Ja.»

«Wie gewiß?»

«So gewiß, wie Sie hereingekommen sind, wie Sie jetzt neben mir sitzen.»

«Daß Sie nicht mehr allein sind?»

«Ja.»

Sie berührte ihr Haar mit den Fingerknöcheln, müde, als wolle sie sich vergewissern, daß es da war, und blickte von ihm weg. «Das klingt nett. Aber es ist schwer zu glauben, denn ich bin sehr einsam.»

«Das müssen Sie von nun an nicht mehr sein.» Er lächelte. «Wir haben die Einsamkeit überlistet, verstehen Sie?»

«Meinen Sie?»

«O ja, ganz gewiß!» sagte Hildebrandt mit dem englischen Akzent, den er in den Momenten größter Selbstsicherheit verwendete.

Sie stützte den Kopf auf die Hand und betrachtete nachdenklich ihr Gegenüber.

«Was ist los?»

«Ich weiß nicht. Vielleicht bin ich müde. Vielleicht schlafe ich schon.»

«Ich kann Ihnen versichern, daß es nicht der Fall ist. Wie wäre es mit einem Brandy?»

Sie schüttelte den Kopf. Dann angelte sie ihre Zigaretten und ihr Feuerzeug mit ihren langen blassen Händen zu sich her. «Ich weiß nicht. Vielleicht sollte ich lieber gehen.»

«Nein, bitte nicht!»

«Danke. Aber ich kann nicht länger bleiben. Trotzdem bin ich froh, daß Sie sich mit mir unterhalten haben – wenn Sie es auch sind.»

Hildebrandt war mit ihr zusammen aufgestanden. «Darf ich Sie wiedersehen? Ich meine, ich muß Sie wiedersehen!»

«Ich weiß nicht», sagte sie unentschlossen und ging auf die Fenster zu.

Die Musik spielte *Over the Waves*, als wolle sie die Komik seiner Gestalt betonen, die neben ihr über das stille Meer aus Perserteppichen stolperte. «Hören Sie», stammelte er und lachte, «so kommen wir nicht weiter. Ich muß Sie unbedingt wiedersehen!»

Sie blieb stehen und wandte sich ihm zu. In dem riesigen Saal konnte sie niemand beobachten. Ihre Kopfbewegung und die unerwartete Wärme, mit der sie sagte: «Gut, dann sehen wir uns wieder», nahm Hildebrandt so hingerissen auf, als wären sie allein.

«Morgen?»

«Gut, morgen.»

«Wo darf ich Sie abholen? – Darf ich Sie jetzt nach Hause begleiten?»

«Ich werde herkommen.»

«Zur gleichen Zeit?»

«Gut.»

Er ließ sie in die Fensterflügel zurückgehen.

Er hatte nicht gewollt, daß ihre zweite Begegnung sich
im Pandora-Saal sich ereignete, dessen einziger Zauber –
der der Fenster – erloschen war, als sie ihn betreten
hatte. Doch da sie es so bestimmt hatte, wartete er an
der Bar auf sie, denn er wollte sie noch einmal so er-
blicken, wie er sie zum ersten Mal gesehen hatte. Und
gegen zehn Uhr beendete ihr Anblick zwischen den
Fensterflügeln eine Wache, die ihren wahren Anfang
genommen hatte, als er am Vorabend gesehen hatte,
wie sie verschwand, mit nichts, woran er sich halten
konnte, als dem Versprechen, daß sie wiederkommen
werde. Er glitt vom Barhocker und ging ihr über die
weichen Läufer entgegen.

Sie hielt den Kopf höher als am Abend zuvor. Ein
grün und braun gemustertes Kleid ließ sie fröhlicher,
weniger groß und dünn wirken, obgleich sie fast ebenso groß war wie er.

«Dort drüben habe ich einen Tisch bestellt», sagte
er und vergaß vor Aufregung, sie zu begrüßen.

Er führte sie zu dem Tisch, den er während des War-
tens an der Bar ausgesucht hatte und wo zwei Glas
Brandy für sie bereitstanden, die er schon lange vorher in einer Art stiller Wette, daß sie kommen würde,
bestellt hatte. Als er ihr zuvorkommend den Stuhl hin-
hielt, war Hildebrandt zumute, als versetze das Wunder ihrer zweiten Begegnung die Luft in Beben und
Leuchten, als umfange eine Gloriole ihren Tisch. Er

spürte, daß er Gefahr lief, Unsinn zu reden, wenn er sich nicht zusammennahm. Vielleicht war der Pandora-Saal für diesen einen Moment geschaffen worden.

«Ich muß Ihnen so vieles erzählen», brach es aus ihm heraus, denn obwohl er im einzelnen nicht mehr wußte, wie sie aussah, war ihm, als wären sie einander nähergekommen und es mangele nur an Gesprächsstoff. Seit dem vergangenen Abend hatte er zum ersten Mal das Gefühl, daß sein Leben einen Sinn hatte: sie. Er sah sie an; sein Blick verschwamm vor Glück, und obwohl sie bereit schien, ihm zuzuhören, hatte er plötzlich Bedenken, ihr zu offenbaren, was er fühlte. Er fürchtete, sich bloßzustellen. Ihm wurde bewußt, daß sie Männern wie ihm schon begegnet sein mußte, deren nichtssagende, kaum variierende Geschichten sie bis zum Überdruß kannte. Sie war ihm auf einmal erschreckend intelligent erschienen, und obwohl Intelligenz war, was er suchte, verschlug es ihm die Sprache.

«Fangen Sie an.»

«Oh, wollen Sie mir nicht zuerst etwas über sich selbst erzählen? Sie könnten mir doch wenigstens sagen, wie Sie heißen. Wo Sie wohnen. Oder einfach nur, an was Sie denken.» Jetzt fühlte er sich wieder wohler in seiner Haut; er zupfte die Manschetten bis zu den Granatmanschettenknöpfen vor.

«Ich wohne nicht hier. Ich lebe in San Francisco.»

«San Francisco!» rief Hildebrandt, als wäre dieser

Umstand etwas, womit er sie wie mit einem Nagel an einem Hintergrund festmachen konnte, doch zugleich war ihm klar, daß er nichts über San Francisco hören wollte. «Wie lange bleiben Sie hier?»

«Nur kurze Zeit. So kurz wie möglich.»

«Was für ein Glück, daß Sie hierhergekommen sind!»

«Wirklich?»

Sie sah zum Tischtuch, über das sie wie in Gedanken mit dem Daumennagel fuhr.

Hildebrandt dachte plötzlich, daß sie wahrscheinlich bedauerte, sich heute abend mit ihm verabredet zu haben, und dieser Gedanke machte ihn schweigsam, während er beobachtete, wie sie an ihrem Brandy nippte.

Sie wandte sich zu ihm und setzte das halbleere Glas ab. «Entschuldigen Sie. Sie lassen sich gerne Zeit bei Ihren Brandys, nicht wahr?»

«O nein, keineswegs!» Hildebrandt lächelte.

«Wie ein Herr – der typische Herr an der Bar.»

Hildebrandts hängende Lider zitterten ein wenig. Er brauchte ihr nichts zu erzählen. Sie wußte Bescheid. Er sah sich – vielleicht in einem Monat, vielleicht morgen – auf einem der Barhocker. Nein, zumindest nicht in dieser Bar. Irgendwo anders. Doch er hob den Kopf und lächelte. «Wollen Sie nicht zu Abend essen?»

Mit so sanfter Stimme, daß es nicht wie eine Unterbrechung klang, sondern eher wie eine leise Eingebung, fragte sie lächelnd: «Sagen Sie, sind Sie nicht verheiratet?»

Hildebrandt lehnte sich in gespielter Überraschung zurück. «Wie kommen Sie auf diese Frage?»

«Haben Sie keine Frau? Oder hatten Sie nicht mal eine?»

Er drückte seine Zigarette aus und zündete sich bedächtig eine neue an. «Ja, ich war mal verheiratet. Vor Jahren. Komisch, daß Sie mich das aus heiterem Himmel fragen. Ich bin geschieden – seit elf Jahren schon.»

«Und trotzdem ist es nicht ganz vorbei, nicht wahr?»

«Den Anschein hat es wohl. Obwohl meine Ehe schnell vorbei war.» In ihm begann sich das Bedürfnis zu regen, seine Lebensgeschichte zu erzählen, so heftig, daß es stärker war als die Befürchtung, sie kenne sie bereits, er werde sie damit langweilen und jegliche Zuneigung ersticken, die sie zu ihm gefaßt haben mochte. Außerdem, rechtfertigte er sich, wollte er, daß sie Bescheid wußte. Er lächelte im Bann der Erinnerung. «Wissen Sie, ich hatte mir das Leben so vorgestellt, einen romantischen Fluß in Europa nach dem anderen entlangzureisen, nur wir zwei und ein Diener oder jemand ähnliches, bis wir wieder Lust hätten, nach Hause zurückzukommen.» Er machte es kurz, indem er mit dem Ende anfing. «Wir waren beide sehr jung. Ich war erst vierundzwanzig und bekam Geld von meinem Vater, so daß es für mich keinen Grund gab zu arbeiten. Arbeit ist mir sowieso verhaßt. Aber – sie hat sich in jemand noch Reicheren verliebt, bevor wir überhaupt die Staaten verlassen hatten.» Er lachte ein wenig, traurig und tolerant, wie ein Gentleman, der widerstrebend unschöne Dinge preisgibt, obwohl sie ihm zum Vorteil gereichen.

«Aber Sie sind nach Europa gefahren.»

«Ja. Ich habe alles verpraßt, was ich mir auf mein Vermögen leihen konnte, und zum Schluß sogar den Großteil des Vermögens durchgebracht. Dann bin ich zurückgekehrt und zur Besinnung gekommen und habe eine nette Stelle in der Werbefirma meines Vaters gefunden. Das ist in etwa die ganze Geschichte. Und jetzt lasse ich mich treiben und versuche, ein hoffnungslos ödes Leben etwas spannender zu gestalten.»

Sie blickte wieder weg, diesmal zu den Fenstern, und mit einem Mal wurde ihm klar, daß er das schon viele Male mit den gleichen Worten gesagt hatte. Nie zuvor hatte ihm das etwas ausgemacht, aber jetzt verhielt es sich anders, weil sie anders war. Er sah sie an, biß sich auf die Lippen und verwünschte sich.

«Aber nicht immer allein.»

«O doch. Meistens», erwiderte er zerknirscht. «Jemandem wie Ihnen begegnet man nicht oft.» Nervös zog er an seiner Zigarette. «Ich meine, ich bin noch nie so jemandem begegnet. Wissen Sie, wie das ist, wenn man manchmal», setzte er von neuem an, bemüht, ihren Blick zu erhaschen, «Sehnsucht nach etwas hat, sich etwas wünscht, ohne zu wissen, was es ist? Keine Freunde oder Geliebte oder irgendein Ort auf Erden. Etwas weniger Greifbares.» Seine Hand schloß sich abrupt in der Luft. Das hatte er noch nie zu jemandem gesagt, und er war stolz auf seine Wortgewandtheit und auch auf seine Ehrlichkeit.

«Ich weiß.»

Er nickte; er glaubte ihr. Er spürte, daß seine Augen aufgerissen waren, wie es bisweilen geschah, wenn er in Barspiegel schaute und dort der kindlichen Hoffnung begegnete. Doch jetzt war ihm das egal. Er wollte weitersprechen, ihr erzählen, daß er zu den Zeiten, wenn er dieses mysteriöse Etwas herbeisehnte, in Bars saß, wo er das Gefühl der Abwesenheit dieses Etwas steigern konnte, um so eines Tages möglicherweise zu entdecken, worum es sich handelte. Doch eingedenk ihrer Worte über den Herrn an der Bar traute er sich nicht. Er brachte seine Züge unter Kontrolle, lehnte sich vertraulich vor und sagte gelassen: «Ich weiß, daß Ihnen zu begegnen mein größter Wunsch war.»

«Es tut mir leid», sagte sie, und ihre bedächtigen Worte machten den Sachverhalt auf unerklärliche Weise definitiv und unabänderbar, «daß Sie so einsam sind.»

«Einsam? Das bin ich nie!»

Sie lächelte ihn nur an; er konnte ihr Lächeln nicht deuten.

«Nein, das bin ich wirklich nicht!» sagte er lachend, weil er es für eine Schwäche hielt, so etwas zuzuge-

37

ben, als wäre die Einsamkeit eine Krankheit, die häßliche Spuren hinterließ, selbst wenn sie geheilt worden war.

Sie schwieg. Das Lächeln war verschwunden; ihr Mund kräuselte sich an einer Seite ein wenig, doch ihren Gesichtsausdruck konnte Hildebrandt nicht erkennen, da sie den Kopf über den Tisch geneigt hielt.

«Wie auch immer – haben Sie schon zu Abend gegessen?»

«Ja, danke.»

«Ich hätte Sie gestern zum Essen einladen sollen.»

«Aber da war ich verabredet.»

«Sie hätten die Verabredung absagen können.»

«Nein, es war etwas Geschäftliches.»

«Geschäftlich?»

«Etwas Rechtliches.»

«Oh!»

«Erzählen Sie mir, was Sie sonntags tun.»

Hildebrandt lächelte; am liebsten hätte er sie umarmt. «Aber ich bin sehr neugierig, was Sie betrifft!»

Sie nahm sich eine Zigarette. «Ich bin hier, um Dinge zu regeln – ich habe mich gerade scheiden lassen.»

«Oh, ich verstehe», sagte er demütig, während er in seinem Inneren in stille kleine Stücke zusammenfiel. Ihm wurde klar, daß er sich eingebildet hatte, sie existiere nur in Zusammenhang mit ihm. Soweit sie in seiner Vorstellung einen Rahmen besessen hatte, bestand er aus den verwunschenen Fenstern und dem roten und goldenen Raum dahinter. Und jetzt war sie ihm auf einmal entfremdet, und mehr über sie zu erfahren barg die Gefahr, sie in noch weitere Ferne zu rücken.

«Haben Sie Kinder?»

«Nein.» Sie lächelte ihn an. «Ich bin ganz frei. Ich glaube, ich kann es noch gar nicht fassen.»

Hildebrandts Anspannung ließ nach. Im kritischen Moment hatte der Zauber der Fenster sie beinahe im Stich gelassen. Sie war die geschiedene Ehefrau eines anderen gewesen, die ehemalige Herrin eines Haushalts in San Francisco. Er hätte aufhören können, sie zu lieben, dachte er, doch statt dessen hatte seine Liebe sich in eine Liebe verwandelt, die sie als wirkliche Person lieben konnte. Ihm war, als wäre er selbst zu etwas Wirklichem geworden. Mit einem Mal war er weit über den trübsinnigen Herrn an der Bar hinausgewachsen.

Er saß aufrecht und voller Anteilnahme neben ihr. «Darf ich Sie wohl fragen … dürfte ich Sie bitten … mir davon zu erzählen?»

«Nein, das dürfen Sie nicht!» sagte sie lachend.

Hildebrandt beobachtete, wie ihre Miene den gelassenen, etwas geistesabwesenden Ausdruck wieder annahm. Trotz seiner Liebe zu ihr erkannte er die Distanz, die jetzt zwischen ihnen lag, falls es ihm nicht gelang, sie zu überbrücken. Dennoch war es nicht der richtige Zeitpunkt, ihr seine Liebe zu gestehen. Er fragte sich, ob der Ehemann sie grausam behandelt hatte. Oder sie betrogen hatte. Oder ob er der Verursacher der Narbe auf ihrer Wange war! Inbrünstig wünschte er, den Unhold aufzuspüren und umzubringen!

«Kann ich gar nichts tun?» fragte er beschwörend. «Wollen Sie mir denn gar nichts erzählen, nicht einmal das Unwichtigste?»

«Das Unwichtigste ist am unwichtigsten – wie mein Name. Und das Wichtigste wissen Sie ja nun.»

«Nein, das weiß ich nicht.»

Sie schwieg wieder; Hildebrandt sprach weiter. «Ich kann es einfach nicht ertragen, Sie unglücklich zu sehen.»

«Aber ich bin gar nicht so unglücklich.»

Er dachte über ihre Antwort nach, als hätte sie ihm ein Rätsel gesagt.

3

Sie hatte sich um mehr als eine Stunde verspätet.

Hildebrandt schritt zum wiederholten Mal über die lange Zementtreppe und suchte mit dem Blick die Leute ab, die den Bürgersteig in beide Richtungen entlanggingen. Er wagte nicht, im Hotel St. Regis anzurufen, denn es war mittlerweile so spät geworden, daß sie denken mußte, er sei es müde geworden zu warten und gegangen, wenn sie kam und ihn nicht vorfand.

«Natürlich kommt sie noch!» sagte er sich. «Sie hat mich noch nie versetzt, oder?» Er konnte sich auf das eine Mal gestern abend berufen, als sie ihre Verabredung im Pandora-Saal eingehalten hatte. Und weil sie später als erwartet gekommen war, redete er sich ein, sie verspäte sich wahrscheinlich bei all ihren Verabredungen.

«Das kommt Ihnen vielleicht komisch vor», hörte er sie noch immer sagen, «aber ich wollte ins Metropolitan gehen, wenn ich schon hier bin.»

Und er hatte ihr vorgeschlagen, er wolle nachmittags frei nehmen und mit ihr ins Museum gehen. Er hatte sie tatsächlich angebettelt, ihm diese heutige Verabredung zu gewähren, weil sie gestern, als sie gegen Mitternacht Eier und Toast im Sandwichladen bestellt hatten, etwas gesagt hatte ... Er wußte nicht mehr genau, was es gewesen war. Vielleicht: «Sie dürfen nicht glauben, ich hätte Ihre Einsamkeit kuriert. Das kann nur jemand, der die Einsamkeit nicht kennt.» Und während er über ihre Theorie lachte, war er doch verletzt gewesen, denn ihm war aufgegangen, daß sie auf diese Weise möglicherweise sagen wollte, sie wisse, daß er nicht fähig sei, ihre Einsamkeit zu kurieren, ihr zu geben, was sie brauchte, und daß er dem Mann, der ihr Ehemann gewesen war, in dieser spezifischen Hinsicht unterlegen sei.

Doch solche Zweifel waren geschwunden angesichts des versprochenen Nachmittags im Metropolitan, der sich gestern nacht wie ein fröhliches Vorhaben ausgenommen hatte. Später, wenn sie erst an einem ruhigen Ort Tee tranken, würde er alles erfahren, was er absurderweise noch nicht wußte – ihren Namen, wann sie aus San Francisco wiederkommen würde und warum sie überhaupt hinfahren mußte. Dann würde er ihr sagen, daß er sie liebte. Er würde ganz von vorne beginnen, außerhalb des Pandora-Saals, als wäre er nie einsam oder ein Versager gewesen.

Als er um drei Uhr die Stufen hochgeeilt war, um sie im Vorraum zu suchen, hatte ihre Gegenwart das Museum verzaubert. Jetzt wirkte der Ort melancholisch. Er merkte, daß er einem Mann nachstarrte, der mit einem kleinen Jungen an jeder Hand die Treppe hinunterging, und erst als die drei auf den Gehsteig traten, fiel ihm ein, daß er sie um drei Uhr das Museum hatte betreten sehen. Langsam schritt er auf der breiten Stufe zurück.

Selbst draußen, den Kragen seines schwarzen Mantels lässig hochgeschlagen, das schmale Gesicht unter dem grauen Filzhut im kalten Dämmerlicht wie erstarrt, war er der Herr an der Bar, dessen banges Warten durch die unbehagliche Kälte äußeren Ausdruck gefunden hatte. Die starre Haltung seines Arms, die behandschuhte Hand, die den zweiten Handschuh hielt, und das akkurate Klacken seiner Absätze hatten etwas Geziertes. Er sah aus, als reagiere er ungehalten darauf, seine Bar nicht zur gewohnten Stunde zu erreichen.

Die Situation war ihm unerträglich geworden. Der Abstand zwischen drei Uhr und fünf Uhr auf dem Zifferblatt seiner Uhr wirkte unüberbrückbar. Er lief die Stufen hinunter und ging auf der Fifth Avenue nach Süden; noch immer suchte er mit dem Blick beide Straßenseiten ab, noch immer drehte er sich bei jedem vorfahrenden Taxi um.

Er versuchte, der Dunkelheit zuvorzukommen, denn wenn ihm das gelang, konnte er sich einreden, daß es noch immer Nachmittag sei und sie möglicherweise nur aufgehalten worden sei. Möglicherweise kam sie ihm aus einem der Aufzüge entgegen, wenn er die Hotelhalle betrat.

Als er um die Ecke kam und das Hotel erblickte, begann er zu laufen. Jede Sekunde rechnete er jetzt damit, sie zu sehen. Er blickte sich in der Halle um und ging zur Rezeption.

«Entschuldigen Sie», sagte er zum Portier, «können Sie mir den Namen eines weiblichen Hotelgasts sagen, dessen Anfangsbuchstaben H.C. lauten? Miss H.C., wenn ich mich nicht irre. Was das C. betrifft, bin ich mir nicht ganz sicher.» Er begann sich zu schämen. «Sie kommt aus San Francisco.»

Der Portier sah vom Gästebuch auf und sagte: «Könnte es sich um Miss Helvetia Cormack handeln?»

«Ja, das ist möglich. Können Sie mir bitte die Zimmernummer sagen?»

«Miss Cormack ist heute nachmittag abgereist, Sir.»

«Dann kann sie es nicht sein. Sehen Sie bitte noch

einmal nach.» Er deutete irritiert auf das Gästebuch, doch gleichzeitig war ihm klar, daß sie es sein mußte und daß sie fort war.

«Niemand anders aus San Francisco mit diesen Anfangsbuchstaben, Sir», sagte der Portier, während er die Seiten des Gästebuchs überflog. «Ist um ein Uhr mittags abgereist.»

«Eine blonde Frau, groß und schlank?» insistierte Hildebrandt.

«Ja, Sir. Ich kann mich an sie erinnern. Haben Sie etwas, was ihr gehört? Vielleicht schreibt sie, damit wir es nachsenden.»

«Nein. Und Adresse hat sie keine hinterlassen?» fragte er in der verzweifelten Hoffnung auf das Unwahrscheinliche.

«Nein, Sir.»

Hildebrandt verlagerte sein Gewicht auf die Fersen und klopfte mit dem Handschuh gegen seine Handfläche. «Schon gut. Vielen Dank.»

Draußen unter der Markise des Hoteleingangs blieb er einen Moment unschlüssig stehen, wie er es jeden Abend unter der Markise des Hyperion tat, während er überlegte, welche Richtung er einschlagen, was er unternehmen sollte. Und plötzlich, als er begriff, daß er nicht vor dem Hotel Hyperion stand, daß die Umstände keineswegs die gewohnten waren, war ihm, als schieße die Einsamkeit wie ein finsterer Wald um ihn herum in die Höhe. Merkwürdig war, daß er keinen Drang verspürte, sie zu suchen, sie ausfindig zu machen. Was konnte er ihr schon bieten außer seiner Geschichte von Schwäche, Einsamkeit und Versagen, der Geschichte seines Verfalls und Untergangs? Er selbst war das Zentrum der Einsamkeit um ihn herum, deren Zentrum das Versagen war. Selbst in der Liebe war er ein Versager.

Seine Lider zitterten, doch er ignorierte es und reckte den Kopf, steckte die behandschuhten Hände in die Manteltaschen und ging zur Avenue.

MRS. AFTON

Dr. Felix Bauer, der aus dem Erdgeschoßfenster seiner Praxis in der Lexington Avenue sah, kam es so vor, als wäre der Nachmittag ein träger Fluß, dessen Strömung nicht zu erkennen war und der ebensogut vorwärts wie rückwärts hätte fließen können. Der Verkehr hatte sich verdichtet, doch im schwer lastenden Sonnenlicht kamen die Wagen an den Ampeln nur im Schrittempo voran, und die Chromteile leuchteten, als wären sie weißglühend. Die Praxis war mit einer Klimaanlage ausgestattet und eigentlich angenehm kühl, doch irgend etwas – seine Logik oder sein Blut – sagte ihm, daß es heiß war, und das deprimierte ihn.

Er warf einen Blick auf seine Armbanduhr. Miss Vavrica hatte einen Termin um halb vier, zu dem sie wieder einmal nicht erschien. Er sah sie vor sich: Vermutlich saß sie mit weitaufgerissenen Augen in irgendeinem Kino und starrte gebannt auf die Leinwand, um nicht daran zu denken, wo sie statt dessen sein sollte. Bis zu seinem nächsten Termin um Viertel nach vier hätte er einiges erledigen können, doch er sah weiter aus dem Fenster. Woran lag es nur, dachte er, daß New York, diese Stadt voller Tempo und Ehrgeiz, ihm so sehr den Schwung raubte? Er arbeitete hart, das hatte er immer getan, doch in Amerika war er sich dessen bewußt. Hier war es nicht wie in Wien oder Paris, wo er gearbeitet, aber auch gelebt hatte, wo er sich abends mit seiner Frau und Freunden entspannt und dann noch die Energie gehabt hatte, bis in die frühen Morgenstunden weiterzuarbeiten und zu lesen.

Das Bild von Mrs. Afton, einer kleinen, eher untersetzten Frau mit jenem strahlenden hübschen Aussehen, wie man es sehr selten bei Frauen mittleren Alters findet – sie benutzte, wie ihm jetzt einfiel, ein Gardenienparfüm –, schob sich vor seine Erinnerungen an die Abende in Europa. Mrs. Afton war eine sehr sympathische Frau aus den Südstaaten. In ihr bestätigte sich, was er über die Südstaaten gehört hatte: daß man sich dort einen eigenen Lebensstil bewahrt und Zeit für Essen, Besuche, Unterhaltungen und einfach für das Nichtstun hatte. Er hatte das nicht nur aus einigen Bemerkungen von Mrs. Afton geschlossen, die vielleicht überflüssig gewesen waren, ihm aber dennoch angenehm im Ohr geklungen hatten, sondern auch aus ihren unaufdringlich guten Manieren – gute Manieren gingen ihm sonst auf die Nerven –, die sie trotz ihrer Sorgen keinen Augenblick vergessen hatte. Mrs. Aftons Lebensart wirkte auf ihn wie ein alchimistisches Elixier, das die Welt verwandelte und schöner machte. Unter seinen Patienten gab es nicht viele derart angenehme Menschen, aber andererseits war Mrs. Afton am vergangenen Montag nicht wegen eigener Probleme zu ihm gekommen, sondern wegen ihres Mannes.

Sein Vier-Uhr-fünfzehn-Patient, der ernste Mr. Schriever, der jeden Cent des Honorars für die dreiviertelstündige Sitzung selbst verdiente und das auch keine Sekunde lang vergaß, kam und ging, ohne die Oberfläche des Nachmittags auch nur leise zu kräuseln. Als er wieder allein war, strich sich Dr. Bauer mit der starken, gepflegten Hand über die Stirn, glättete ungeduldig die Falten und machte sich eine abschließende Notiz über Mr. Schriever. Der junge Mann hatte nach anfänglichem Zögern wieder einmal einfach drauflosgeredet und sich durch keine Frage auf einen verheißungsvolleren Kurs steuern lassen. Bei Leuten wie Mr. Schriever mußte man einfach daran glauben, daß man ihnen irgendwann helfen konnte. Die erste Barriere, so kam es Dr. Bauer vor, war stets die Anspannung, allerdings nicht die beinahe objektive, aus dem Krieg oder der Armut resultierende Anspannung, mit der er es in Europa zu tun gehabt hatte, sondern die amerikanische Anspannung, die bei jedem anders war und den Patienten, der zu einem Psychoanalytiker ging, um sie zu untersuchen und aufzulösen, nur um so fester im Griff behielt. Bei Mrs. Afton, dachte er, war von dieser Anspannung nichts zu spüren. Ein Jammer, daß eine Frau wie sie, geboren und erzogen zu einem sorgenfreien, glücklichen Leben, an einen Mann gebunden war, der dem Glück entsagt hatte. Ein Jammer auch, daß er nichts für sie tun konnte. Heute, beschloß er, würde er ihr sagen, daß er nicht imstande war, ihr zu helfen.

Um genau fünf Uhr tastete Dr. Bauers Fuß nach dem Knopf unter dem blauen Teppich und trat zweimal darauf. Er sah zur Tür, erhob sich und öffnete sie.

Mrs. Afton trat sogleich ein. Trotz ihrer untersetzten Statur war ihr Gang schnell und beschwingt, und ihr Kopf mit den sorgfältig frisierten, hellbraunen Haaren war hoch erhoben. Es kam ihm so vor, als sei sie an diesem Nachmittag das einzige Wesen, das sich aus eigener Kraft fortbewegte.

«Guten Tag, Dr. Bauer.» Sie legte das Halstuch aus blauem Chiffon ab, das genau zu dem Farbton des Teppichs paßte, und setzte sich in den Ledersessel. «Diese herrliche Kühle hier! Wie schade, daß ich nachher wieder gehen muß.»

«Ja», sagte er und lächelte, «so eine Klimaanlage verwöhnt einen.» Er beugte sich über den Schreibtisch und las, was er am vergangenen Montag notiert hatte:

«Thomas Bainbridge Afton, 55. Allgem. guter Ges. zustand. Reizbar. Legt übermäßig viel Wert auf körperl. Kraft und sportl. Training. In verg. Monaten strenge Diät und Trainingsprogramm. Zimmer in Hotelsuite mit Trainingsgeräten ausgestattet. Große körperl. Anstrengungen. Schizoide, sadomasochistische Züge. Lehnt Behandlung ab.»

Mrs. Afton war zu ihm gekommen, um sich zu erkundigen, wie sie ihren Mann dazu bewegen könnte, seine strenge Lebensweise aufzugeben oder wenigstens zu mäßigen.

Dr. Bauer lächelte sie über den Schreibtisch hinweg unbehaglich an. Eigentlich sollte er sie gleich wieder fortschicken, nachdem er ihr nochmals erklärt hatte, daß er unmöglich einen Menschen durch einen anderen Menschen behandeln könne. Mrs. Afton hatte ihn eindringlich um einen zweiten Termin gebeten. Und nun war sie offenbar so hoffnungsvoll, daß es ihm schwerfiel, zu beginnen. «Wie geht es Ihnen heute?» fragte er, wie er es bei jedem Patienten tat.

«Sehr gut.» Sie zögerte. «Ich glaube, ich habe Ihnen fast alles erzählt, was es zu erzählen gibt. Es sei denn, Sie haben noch Fragen.» Als würde ihr plötzlich bewußt, wie eifrig sie klang, lehnte sie sich zurück, blinzelte mit den blauen Augen und lächelte, und das Lächeln schien auszudrücken, was sie bereits am Montag gesagt hatte: «Ich weiß, es ist komisch – ein Mann, der vor dem Spiegel steht und die Arme anspannt wie ein Zwölfjähriger, der seine Muskeln bewundert, aber Sie können sicher verstehen, daß ich Angst um sein Leben habe, wenn er danach vor Erschöpfung zittert.»

Wenn er jetzt sagte: «Da Ihr Mann sich weigert, in eine Behandlung einzuwilligen ...», würde sie vermutlich mit demselben Lächeln und einem verständnisvollen Nicken die Praxis verlassen, ohne allerdings von der Bürde ihrer Ängste befreit worden zu sein. Mrs. Afton gehörte nicht zu der Sorte reiferer Frauen, die all ihre Sorgen sofort vor ihm ausschütteten, und sie war zu stolz, um irgendwelche peinlichen Dinge zu enthüllen, zum Beispiel, daß ihr Mann sie geschlagen hatte, wovon Dr. Bauer überzeugt war.

«Ich nehme natürlich an», begann er, «daß Ihr Mann bemüht ist, durch sein Ertüchtigungsprogramm sein verletztes Ego wiederaufzubauen. Unbewußt glaubt er, daß Körperkraft eine Kompensation für sein Versagen auf anderen Gebieten ist – im geschäftlichen, vielleicht auch im gesellschaftlichen Bereich, da er, wie Sie sagten, Grundbesitz in Kentucky verkaufen mußte und nicht imstande ist, Ihnen das Leben zu bieten, das er Ihnen bieten will.»

Mrs. Afton wandte den Blick ab, und ihre Augen weiteten sich. Dasselbe hatte Dr. Bauer bei ihr beobachtet, wenn er eine ihrer Aussagen hinterfragt hatte oder wenn sie versucht hatte, sich an etwas zu erinnern, und er hatte gesehen, wie ihre Augen sich ganz plötzlich verengten, wenn etwas sie amüsierte, wobei hinter den geschwungenen braunen Wimpern eine jugendliche Koketterie aufgeblitzt hatte. Jetzt betonte die Neigung ihres Kopfes die breiten Backenknochen, die schmale Stirn und das sanft zugespitzte Kinn – es war ein mütterliches Gesicht, obgleich sie keine Kinder hatte. Schließlich antwortete sie mit deutlich zweifelndem Unterton: «Es klingt logisch.»

«Aber Sie stimmen mir nicht zu?»

«Nicht ganz, jedenfalls.» Wieder hob sie den Kopf. «Ich glaube nicht, daß mein Mann sich für einen echten Versager hält. Es geht uns finanziell noch immer recht gut.»

«Ja, natürlich.»

Sie warf einen Blick auf die elektrische Uhr, deren Sekundenzeiger lautlos die kostbare Dreiviertelstunde fraß. Ihre Knie öffneten sich ein wenig, als sie sich vorbeugte, und die Rundungen ihrer Waden, die wie zwei ornamentale Stützen wirkten, schwangen sich symmetrisch hinab zu den schmalen Knöcheln, die sie dicht beieinander hielt. «Können Sie mir keinen Rat geben, wie ich seinen ... seinen Eifer ein wenig dämpfen könnte, Dr. Bauer?»

«Gibt es denn gar keine Möglichkeit, ihn zu überreden, daß er mich einmal persönlich aufsucht?»

«Ich fürchte nein. Ich habe Ihnen ja gesagt, was er von Ärzten hält: Sie können an ihm herumdoktern, wenn er tot ist, aber für den Rest seines Lebens hat er von ihnen genug. Ach, ich glaube, ich habe Ihnen gar nicht erzählt, daß er seinen Leichnam einer medizinischen Fakultät vermacht hat.» Wieder lächelte sie, doch um ihre Mundwinkel war ein Anflug von Scham oder Wut. «Das war vor etwa sechs Monaten. Ich dachte, es würde Sie interessieren.»

«Ja.»

Eine Spur eindringlicher fuhr sie fort: «Ich bin überzeugt, wenn Sie ihn nur einmal kurz sehen könnten – ich meine, wenn er nicht wüßte, wer Sie sind –, würden Sie sicher sehr viel mehr über ihn erfahren, als ich Ihnen erzählen kann.»

Dr. Bauer seufzte. «Auch dann wäre alles, was ich Ihnen sagen könnte, bloße Vermutungen. Wenn Sie mir von Ihrem Mann erzählen oder wenn ich ihn kurz sehe, kann ich nicht feststellen, auf welchen Motiven seine Obsession beruht. Ich könnte Ihnen Ratschläge geben, wie Sie ihm helfen können, das, was er verloren hat, wiederzugewinnen – seine sozialen Kontakte, seine Hobbys und so weiter. Doch das haben Sie gewiß schon versucht.»

Mit einem unsicheren Nicken bestätigte Mrs. Afton seine Vermutung.

«Dabei wäre das aus psychologischer Sicht lediglich eine oberflächliche Korrektur.»

Sie sagte nichts. Ihre Mundwinkel verspannten sich, und sie betrachtete die vier leuchtendgelben Streifen Sonnenlicht, die durch die Fensterläden in eine Ecke des Raums fielen. Ihre Haltung verriet Aufmerksamkeit, doch aus ihrem Gesicht sprach eine gewisse Hoffnungslosigkeit, und Dr. Bauer senkte den Blick auf den zugeschraubten Füller, den er mit einem Finger auf dem Schreibtisch hin und her rollte.

«Dennoch wäre ich Ihnen sehr dankbar, wenn Sie ihn sich einmal ansehen würden, und sei es nur in der Hotelhalle. Dann hätte ich das Gefühl, daß Sie sich ein sicheres Urteil gebildet haben.»

«Ich bilde mir immer ein sicheres Urteil», dachte er, ließ den Gedanken jedoch wieder fallen und kon-

zentrierte sich auf das, was er als nächstes sagen mußte: daß ihr nichts anderes übrigblieb, als eine gericht-
liche Entscheidung herbeizuführen. Der Richter würde den Mann vermutlich zwangseinweisen lassen, und
das würde für Mrs. Afton tausendmal schlimmer sein
als seine Bemerkung, ihr Mann sei ein Versager. Sie
liebte ihn noch immer – eine Scheidung kam, wie sie
sagte, nicht in Frage, nicht einmal eine zeitweilige
Trennung. Sie liebte ihn nicht nur, sondern war, das
wurde Dr. Bauer jetzt bewußt, sogar stolz auf ihn.
Plötzlich merkte er, daß ein kurzer Blick auf ihren
Mann vielleicht jene letzte Geste der Höflichkeit wäre, nach der er gesucht hatte. Danach würde er das Gefühl haben, alles getan zu haben, was in seiner Macht
stand.

«Ich kann es ja mal versuchen», sagte er schließlich.

«Danke. Ich bin sicher, daß das helfen wird. Ganz
bestimmt.» Sie lächelte und richtete sich auf. Die
Zigarette, die Dr. Bauer ihr anbot, lehnte sie ab. «Ich
werde Ihnen noch etwas erzählen», sagte sie, und er
spürte, wie dankbar sie ihm war. «Am Montag hatte
ich, wie Sie wissen, um halb drei einen Termin bei
Ihnen, und um allein wegzukommen, sagte ich Thomas, ich sei mit Mrs. Hatfield, meiner ältesten Freundin im Hotel, um halb drei bei Lord & Taylor verabredet. Um zwei Uhr saß ich allein im Speisesaal des
Hotels und aß zu Mittag, als auf einmal Thomas hereinkam. Wir essen nie gemeinsam zu Mittag, weil er
immer in einer Salatbar an der Madison Avenue ißt.

Ich saß also da und aß Hummer Newburg, was nach Thomas' Meinung praktisch Selbstmord ist. Hummer Newburg ist eine Spezialität des Hotels, die jeden Montag serviert wird, und die bestelle ich dann immer zum Mittagessen. Ich hatte Thomas gerade gesagt, ich sei um halb drei mit Mrs. Hatfield verabredet, als Mrs. Hatfield in den Speisesaal trat. Sie ist kurzsichtig und sah uns nicht, aber mein Mann hat sie ebenso gesehen wie ich. Sie setzte sich, bestellte etwas zu essen und hatte offenbar vor, eine Weile zu bleiben. Thomas saß mir gegenüber und sagte kein Wort. Er wußte, daß ich ihn angelogen hatte. So ist er manchmal. Und irgendwann, wenn ich am wenigsten darauf gefaßt bin, rückt er damit heraus.» Sie hielt inne. Ihr Atem ging schnell.

«Und wann rückte er damit heraus?» fragte Dr. Bauer.

«Gestern nachmittag. Er wußte genau, daß ich mit Mrs. Hatfield zum Mittagessen gegangen war, denn sie war zu unserem Zimmer gekommen und hatte mich abgeholt. Wir gingen dann mit ein paar Freunden ins Algonquin. Als ich gegen drei zurückkam, kriegte Thomas einen Wutanfall und warf mir vor, ich sei an beiden Nachmittagen ins Kino gegangen, obwohl gestern nach dem Essen gar keine Zeit dafür gewesen wäre.»

«Er will nicht, daß Sie ins Kino gehen?»

Sie schüttelte lachend den Kopf – es war ein nachsichtiges, beinahe fröhliches Lachen. «Nein. Sie wissen schon: die schlechte Luft. Er findet, alle Kinos sollten abgerissen werden. Ach, manchmal ist er wirklich komisch. Die Filme, die mir gefallen, findet er unerträglich kitschig. Hin und wieder sehe ich mir ganz gern ein Musical an, und das werde ich auch weiterhin tun.»

Dr. Bauer war überzeugt, daß das nicht stimmte. «Und was sagte er noch?»

«Tja, nicht allzu viel. Er hat seine goldene Uhr auf den Boden geworfen. Es war eine so trotzige Geste, daß ich meinen Augen nicht traute.»

Sie sah ihn an, als erwartete sie eine Reaktion, griff dann in die Handtasche und zog eine goldene Taschenuhr hervor, deren Kette sie einmal um den Zeigefinger wickelte, um sie besser zeigen zu können. Die Uhr drehte sich um sich selbst, und Dr. Bauer sah, daß sie auf der Rückseite mit einem Monogramm aus ineinander verschlungenen Initialen graviert war.

«Die Uhr habe ich ihm zum ersten Hochzeitstag geschenkt. Ich bin vielleicht altmodisch, aber ich finde, ein Mann sollte eine große Taschenuhr haben. Es ist ein Wunder, daß sie noch geht. Ich habe sie nur mitgenommen, um ein neues Glas einsetzen zu lassen. Ich hab sie einfach aufgehoben, ohne irgend etwas zu sagen, und er hat seinen Mantel angezogen und ist zu seinem gewohnten Nachmittagsspaziergang aufgebrochen. Er geht jeden Tag von drei bis halb sechs spazieren. Danach duscht er kalt, und dann essen wir zu Abend, außer an Abenden, an denen er sich mit

Major Sterns trifft. Ich habe Ihnen ja erzählt, daß Major Sterns Thomas' bester Freund ist. Sie spielen an mehreren Abenden in der Woche Binokel oder Schach. Könnten Sie sich meinen Mann irgendwann in dieser Woche ansehen, Dr. Bauer?»

«Ich glaube, Freitag vormittag könnte es gehen, Mrs. Afton», sagte er. Freitags nachmittags arbeitete er in einer Klinik; auf dem Weg dorthin würde er in Mrs. Aftons Hotel vorbeischauen. «Soll ich Sie Freitag morgen noch einmal anrufen? Dann könnten wir die Einzelheiten besprechen. So etwas geht immer am besten kurzfristig.»

Als er aufstand, erhob sie sich ebenfalls. Sie lächelte und hielt sich sehr aufrecht. «Schön, dann erwarte ich also Ihren Anruf. Auf Wiedersehen, Dr. Bauer. Ich fühle mich jetzt sehr viel besser. Allerdings habe ich meine Zeit um zwei Minuten überzogen.»

Er winkte ab und hielt ihr die Tür auf. Dann war sie fort, doch der Duft ihres Parfüms hing noch in der Luft, als er bei der geschlossenen Tür stand und durch das Fenster in den hereinbrechenden Abend sah.

Als Dr. Bauer am nächsten Morgen in die Praxis kam, hatte Mrs. Afton bereits zweimal angerufen. Sie habe um seinen Rückruf gebeten, sagte die Sekretärin, aber noch während er seinen Hut aufhängte, läutete das Telefon erneut.

«Könnten Sie bitte gleich kommen?» fragte Mrs. Afton.

Das ängstliche Zittern in ihrer Stimme ließ ihn aufhorchen. «Ja, sicher kann ich das, Mrs. Afton. Was ist passiert?»

«Er weiß, daß ich mit Ihnen über ihn gesprochen habe. Mit jemandem jedenfalls. Er hat mich heute morgen, gleich nach seinem Morgenspaziergang, deswegen zur Rede gestellt – als hätte er es gespürt. Er hat mir vorgeworfen, mich ihm gegenüber unloyal zu verhalten, und dann hat er seine Sachen gepackt und gesagt, er werde mich verlassen. Jetzt ist er fort – allerdings ohne Koffer, daher weiß ich, daß er nur einen Spaziergang macht und wahrscheinlich gegen zehn wieder zurück ist. Könnten Sie sofort kommen?»

«Ist er gewalttätig geworden? Hat er Sie geschlagen?»

«Nein, nein, nichts dergleichen. Aber ich weiß, das ist das Ende. Ich weiß, daß es jetzt nicht mehr so weitergehen kann.»

Dr. Bauer überlegte, wie viele Termine er absagen mußte. Auf jeden Fall den um Viertel nach zehn, vielleicht auch den um elf. «Können Sie um Viertel nach zehn in der Hotelhalle sein?»

«Natürlich, Dr. Bauer.»

Bei dem Patienten um Viertel nach neun fiel es ihm schwer, sich zu konzentrieren, und bei dem Gedanken an Mrs. Aftons Stimme bereute er, nicht sofort zu ihrem Hotel gefahren zu sein. Ganz gleich, wie die Umstände waren – Mrs. Afton hatte sich an ihn um Hilfe gewandt, und somit war er für sie verantwortlich.

Um zehn saß er im Taxi, steckte sich eine Zigarette an und saß reglos da, ohne auch nur einen Blick in die Zeitung zu werfen, die er mitgenommen hatte. Es war ein Vormittag Mitte Juni, dachte er, und während er tatenlos in einem Taxi saß, das um Ecken bog und an roten Ampeln anhielt, durchlebte Mrs. Thomas Bainbridge Afton die größte Krise ihrer mehr als fünfundzwanzigjährigen Ehe. Und was konnte er ihr anbieten? Er konnte Hilfe holen, falls ihr Mann gewalttätig wurde, und den üblichen Trost, die üblichen Ratschläge geben, falls er inzwischen seine Koffer geholt hatte und gegangen war. Das wäre das Ende des hübschen, angenehmen Lebens von Mrs. Afton, denn ohne ihren Mann würde sie mit ihren Freundinnen nie mehr so glücklich sein wie zuvor. Er hörte schon, wie sie zu ihnen sagte: «Thomas hat eben seine Eigenheiten … Er ist manchmal ein bißchen sonderbar.» Und schließlich, nach vielen Kompromissen und peinlichen Situationen, würde sie sich eingestehen: «Er ist unmöglich.» Dennoch hatte sie es durch Stolz, Erziehung oder Pflichtgefühl geschafft, sich nicht nur ihren Humor zu bewahren, sondern auch den Eindruck zu erwecken, als wäre sie glücklich verheiratet. «Thomas ist ein idealer Ehemann – er war es jedenfalls …»

Das Taxi hielt, und er wurde aus seinen Gedanken gerissen. Sie standen in der Mitte eines Blocks in einer der Vierziger Straßen, zwischen der Fifth und Sixth Avenue. Das Hotel war kleiner und schäbiger, als er es sich vorgestellt hatte. Es war ein schmales, unauffälliges Gebäude, in dem wahrscheinlich viele Leute wie die Aftons wohnten, Leute mittleren Alters, die seit zehn oder mehr Jahren Dauergäste waren.

Mrs. Afton kam mit schnellen Schritten über den schwarzweiß gefliesten Boden der Hotelhalle auf ihn zu, und auf ihrem angespannten Gesicht erschien ein freudiges Lächeln. Sie wischte sich mit einem Taschentuch über die Handflächen und schüttelte ihm die Hand. «Gut, daß Sie da sind, Dr. Bauer! Er ist vorhin gekommen und gleich hinaufgegangen. Ich könnte Sie als einen Freund einer Freundin vorstellen, als Mr. Lanuxe aus Charleston, und sagen, Sie hätten nur kurz vorbeigeschaut und müßten gleich weiter zum Bahnhof.»

«Wie Sie wollen.» Er folgte ihr zum Aufzug und war froh, sie so beherrscht zu sehen.

Sie traten in den winzigen, klapprigen Aufzug, der von einem alten Neger bedient wurde, und schwiegen, während sie langsam hinauffuhren. Jetzt, da er dicht neben ihr stand, konnte Dr. Bauer die grauen Strähnen in ihrem sonst hellbraunen Haar sehen und ihren schnellen Atem hören. In der Hand hielt sie das zerknüllte Taschentuch.

«Hier entlang, bitte.»

Sie gingen durch einen trübe beleuchteten Flur und dann einige Stufen hinunter. Vor einer hohen Tür blieben sie stehen.

«Ich bin sicher, daß er in seinem eigenen Zimmer

ist, aber ich klopfe immer», flüsterte sie und öffnete die Tür. «Das ist das Wohnzimmer.»

Dr. Bauer hatte, ohne es zu merken, die Zeitung in die Jackentasche gesteckt, um die Hände frei zu haben. Nun sah er sich in dem spärlich möblierten, recht deprimierenden Zimmer um, das ein paar Hotelmöbel, einige Bücher, einen elektrifizierten Messingkronleuchter, der früher mit Gas betrieben worden war, und einen zu kleinen, schwarzen Kamin enthielt.

«Er ist hier», sagte sie und ging zu einer zweiten Tür. «Thomas?» Sie öffnete vorsichtig die Tür.

Keine Antwort.

«Ist er nicht da?» fragte Dr. Bauer.

Einen Augenblick lang schien Mrs. Afton peinlich berührt. «Er muß wieder ausgegangen sein. Aber kommen Sie doch herein – dann sehen Sie, was ich gemeint habe. Das ist sein Trainingsraum, wie er ihn nennt.»

Dr. Bauer trat in ein Zimmer, etwa halb so groß wie das Wohnzimmer und viel dunkler, da es nur über ein Fenster verfügte, das zur Feuertreppe führte. Es dauerte einen Augenblick, bis er die eigenartigen Gegenstände erkannte, die auf dem Boden lagen und von der Decke hingen: ein Punchingball, ein Sandsack, ein Seitpferd mit Holzgriffen und zwei Basketbälle. Er hob einen Boxhandschuh auf, der auf dem Boden lag und an dem der zweite noch mit den Schnürriemen befestigt war.

«Und dann hat er noch ein Rudergerät. In dem Schrank dort drüben», sagte Mrs. Afton.

«Könnten Sie bitte Licht machen?»

«Oh, natürlich.» Sie zog an einer Schnur und schaltete die nackte Glühbirne ein, die von der Decke hing. «Sonst ist er um diese Zeit immer hier. Es tut mir leid. Er wird bestimmt jeden Augenblick zurückkommen.»

Dr. Bauer bemerkte, daß die Schnürriemen der Boxhandschuhe weiß und steif und nur durch die ersten Ösen gefädelt waren – es sah aus, als seien sie nie benutzt worden. Im Licht der Glühbirne konnte er erkennen, daß alle Geräte ganz neu waren. Das Seitpferd war verstaubt, doch hatte das Leder keinerlei Kratzer. Stirnrunzelnd musterte er den braunen Sandsack, der nur Zentimeter vor seinen Augen hing. Auf der ihm zugewandten Seite war noch der viereckige Aufkleber des Herstellers. Offenbar war keines der Geräte je benutzt worden. Dr. Bauer war so verblüfft, daß ihm die Bedeutung dieser Entdeckung nicht gleich bewußt wurde.

«Und dort ist der Spiegel.» Sie zeigte auf einen hohen Spiegel, der an der Wand lehnte, und schmunzelte. «Vor dem steht er stundenlang.»

Dr. Bauer nickte. Trotz ihres Lächelns sah sie angespannter aus als bei ihrem ersten Gespräch. Es war eine Anspannung, die ihre schmalen Augenbrauen zu häßlichen gequälten Strichen machte. Mit zitternden Händen hob sie ein Maßband auf, wickelte es ordentlich auf zwei Finger und wartete vertrauensvoll darauf, daß er etwas sagte.

«Vielleicht sollte ich lieber in der Hotelhalle warten», murmelte Dr. Bauer.

«Gut. Wenn er kommt, werde ich unten anrufen und Ihnen Bescheid sagen lassen. Er benutzt immer die Treppe. Deswegen haben wir ihn wahrscheinlich verpaßt.»

Als Dr. Bauer auf den Flur trat, lag die Treppe direkt vor ihm, und gedankenverloren ging er hinunter. Ein schmächtiger blonder Mann kam ihm entgegen und schien ihn kurz zu mustern, doch Dr. Bauer war sicher, daß das nicht Mr. Afton war. Er fühlte sich benommen, ohne genau zu wissen, warum. In der Halle sah er sich um und ging schließlich zur Rezeption, die halb hinter einer zweiten Treppe verborgen war.

«Bei Ihnen wohnt eine Mrs. Afton?» Es war weniger eine Frage als vielmehr eine Feststellung.

Der junge Mann, der an der Telefonvermittlung saß, sah von seiner Zeitung auf. «Afton? Nein, Sir.»

«Sie hat Zimmer Nummer 32.»

«Nein, Sir. Hier wohnt niemand mit diesem Namen.»

«Wer wohnt dann in Zimmer Nummer 32?» Wenigstens bei der Zimmernummer gab es keinen Zweifel.

Der junge Mann warf einen Blick auf die Liste über dem Schaltbrett. «Das ist Miss Gorhams Suite.» Er sah wieder Dr. Bauer an, und auf seinem Gesicht breitete sich ein amüsiertes Lächeln aus.

«Miss Gorham? Sie ist unverheiratet?» Dr. Bauer leckte sich über die Lippen. «Lebt sie allein?»

«Ja, Sir.»

«Meinen wir dieselbe Frau? Etwa fünfzig, etwas untersetzt, hellbraunes Haar?» Er wußte es genau, doch er mußte sich doppelt vergewissern.

«Ja, das ist Miss Gorham. Miss Frances Gorham.»

Dr. Bauer blickte in die lächelnden Augen des jungen Mannes, der Miss Gorham kannte, und fragte sich, ob er mehr wußte als er. Mrs. Afton mußte ihn oft angelächelt und seine Sympathie ebenso gewonnen haben wie seine eigene, als sie ihn in seiner Praxis aufgesucht hatte. «Danke», sagte er und fügte gedankenverloren hinzu: «Das ist alles.»

Er wandte sich um, starrte ins Leere und biß die Zähne zusammen, bis das Gefühl, daß die Wirklichkeit sich auflöste, verschwand, bis die Welt ins Lot kam und wieder fest wurde – ein wenig schäbig, wie die Halle dieses Hotels, und so klar umrissen wie das Knirschen kleiner Steinchen unter den Schuhsohlen eines Mannes, der gerade vorbeiging –, bis es keine Mrs. Afton mehr gab. Er ging zur Tür, als ihn der Drang, zur normalen Routine zurückzukehren, auf die Uhr sehen ließ. Er stellte fest, daß es noch nicht halb elf war und er den Termin um elf Uhr nun doch würde wahrnehmen können. Er ging zu der sargähnlichen Telefonzelle, die halb hinter einer Palme verborgen war. Unter der Lampe war ein Bord mit Telefonbüchern, und eine störrische, sinnlose Neugier ließ ihn unter A nachsehen und den Namen Afton su-chen. Es gab nur einen Eintrag, und der bezog sich auf einen Laden. Dr. Bauer trat in die Telefonzelle und wählte die Nummer seiner Praxis.

«Würden Sie bitte Mr. Schriever anrufen und ihn fragen, ob er nicht doch um elf kommen kann?» bat er seine Sekretärin. «Sagen Sie ihm, ich bitte wegen der Terminänderungen um Entschuldigung. Und wann hat Mrs. Afton ihren nächsten Termin?»

«Einen Augenblick. Wir haben einen vorläufigen Termin für Montag um halb drei vereinbart.»

«Dann streichen Sie den bitte und geben Sie ihn Miss Gorham», sagte er langsam und deutlich. «Miss Frances Gorham.»

«Gorham? G-o-r-h-a-m?»

«Ja, ich glaube, so schreibt man es.»

«Ist das eine neue Patientin, Dr. Bauer?»

«Ja», sagte er.

Sie kann sich an alles erinnern. Es geht immer nur um Sex. Sie ist zum drittenmal verheiratet, hat nebenbei drei Kinder in die Welt gesetzt, keines davon von ihrem derzeitigen Ehemann. Ihr Schlachtruf lautet: «Hört meine Vergangenheit! Sie ist wichtiger als meine Gegenwart. Ich werde euch erzählen, was für ein ausgemachtes Schwein mein letzter Ehemann (oder Liebhaber) war.»

Ihre Vergangenheit ist wie eine unverdaute oder unverdauliche Mahlzeit, die ihr im Magen liegt. Man wünschte, sie könnte es einfach rauskotzen und fertig.

Sie schreibt und schreibt darüber, wie oft sie oder ihre Rivalin mit ihrem Ehemann ins Bett gesprungen ist. Und wie sie schlaflos auf und ab ging – sich tugendhaft den Trost des Alkohols versagend –, während ihr Ehemann die Nacht mit einer anderen verbrachte, frischfröhlich, ohne sich um das Gerede von Freunden und Nachbarn zu scheren. Da die Freunde oder Nachbarn entweder denkunfähig oder an der Situation nicht interessiert waren, ist es egal, was sie dachten. Man könnte meinen, das sei eine Herausforderung für die Phantasie eines Romanciers, die Chance, Gedanken und Meinungen zu erfinden, wo keine waren, doch diese Arbeit macht sich die Romanschriftstellerin nicht. Alles ist so nackt wie ein Feigenblatt.

Nachdem drei Freundinnen das Manuskript begutachtet und gelobt haben – «genau wie im Leben!» – und die Namen der männlichen und weiblichen Protagonisten viermal ausgetauscht worden sind, was dem Aussehen des Manuskripts nicht unbedingt zugute kommt, und nachdem ein Freund (und potentieller Liebhaber) die erste Seite gelesen und das Manuskript mit der Behauptung zurückgegeben hat, er habe es ganz gelesen und sei hingerissen, geht es an einen Verleger. Es wird umgehend und höflich abgelehnt.

Die Verfasserin wird vorsichtiger, sichert sich Entrees über Bekanntschaften mit Schriftstellern, über vage, nichtssagende Empfehlungen, die mit weinreichen Mittag- und Abendessen erkauft sind.

Dennoch Ablehnung auf Ablehnung.

«Ich weiß, daß meine Geschichte wichtig ist!» sagt sie zu ihrem Ehemann.

«Das ist das Leben dieser Maus hier für sie auch», erwidert er. Er ist ein geduldiger Mensch, aber allmählich ans Ende seiner Geduld gekommen.

«Was für eine Maus?»

«Ich unterhalte mich fast jeden Morgen mit einer Maus, wenn ich in der Badewanne sitze. Ich glaube, sein oder ihr Problem ist die Nahrungssuche. Es ist ein Pärchen. Einer von beiden kommt zum Loch heraus –

in einer Ecke ist ein Loch in der Wand –, und ich hole ihnen etwas aus dem Kühlschrank.»

«Du schweifst ab. Was hat das mit meinem Manuskript zu tun?»

«Nun, daß Mäuse mit einem wichtigen Thema beschäftigt sind, mit der Nahrungssuche. Nicht damit, ob der Exgatte einen betrogen oder ob man darunter gelitten hat, selbst an so herrlichen Schauplätzen wie Capri oder Rapallo. Das bringt mich auf einen Gedanken.»

«Was für einen Gedanken?»

Ihr Ehemann lächelte zum ersten Mal seit Monaten. Er empfindet sekundenlang ein Gefühl des Friedens. Im ganzen Haus ist kein Schreibmaschinengeklapper zu hören. Seine Frau sieht ihn tatsächlich an und wartet auf das, was er sagen will. «Das mußt du herausbekommen. Du hast doch Phantasie. Ich bin zum Abendessen nicht da.»

Dann verläßt er die Wohnung, wobei er sein Adreßbuch und frohgemut einen Pyjama und eine Zahnbürste mitnimmt.

Sie geht zu ihrer Schreibmaschine, starrt sie an und überlegt, ob das vielleicht der Keim für einen neuen Roman ist, der an diesem Abend beginnt, ob sie den Roman, um den sie soviel Aufhebens gemacht hat, auf den Müll werfen und mit dem neuen anfangen soll. Vielleicht noch heute abend? Jetzt gleich? Mit wem wird er schlafen?

DAS MÜRRISCHE TAUBENPAAR

Sie wohnten am Trafalgar Square, zwei Tauben, die wir unterscheidungshalber Maud und Claud nennen wollen, obwohl sie selbst keine Namen füreinander hatten. Sie hatten sich einfach vor zwei oder drei Jahren als Männchen und Weibchen zusammengetan und waren einander leidlich treu, auch wenn sie sich im Grunde ihrer kleinen Taubenherzen verabscheuten. Tagsüber waren sie damit beschäftigt, Körner und Erdnüsse aufzupicken, die endlose Touristenscharen, aber auch viele Londoner von Straßenhändlern kauften und für sie ausstreuten. *Pick-pick*, den ganzen Tag, inmitten Hunderter von Artgenossen, die gleich Maud und Claud das Fliegen fast verlernt hatten, weil es kaum noch vonnöten war. Oft wurde Maud, eingekeilt in ein wippendes, nickendes Taubenheer, von Claud getrennt, aber bei Einbruch der Dunkelheit fanden sie doch immer wieder zusammen und kehrten heim zu einer Nische auf der Rückseite einer steinernen Brüstung unweit der National Gallery. *Gurr!* seufzten sie dann und hievten ihren vollgestopften Kropf den knappen Meter zu ihrer Wohnstatt empor.

Oben angekommen, tat Maud mit unliebenswürdigen Kehllauten ihren Groll und ihre Verachtung kund. Sie und Claud waren gleich alt, und gleich alt hieß keineswegs gleich jung. Mauds erster Mann war in der Blüte seiner Jahre von einem Bus überfahren worden, als er einen Happen von einem Sandwich zu erhaschen suchte.

Mauds hochmütiges Gurren hätte man mit «Na, haste's heute wieder getrieben?» übersetzen können oder wahlweise mit etlichen anderen Sticheleien gegen Clauds Männlichkeitswahn und seine Selbstüberschätzung. Vielleicht hatte Claud es heute zwar nicht getrieben, aber er riskierte allemal gern ein Auge. Maud widerfuhr dafür des öfteren die Genugtuung, mit anzusehen, wie Claud von einem jüngeren Täuberich bedrängt wurde, der im falschen Moment auf Claud und sein frisch gekürtes Weibchen herabstieß. Claud plusterte sich dann jedesmal furchtbar auf und gab sich kriegerisch, aber dann zielte der Jüngere auf seine Augen, und Claud zog sich zurück.

«Halt den Schnabel», befahl Claud, wenn er endlich schlafen wollte, und steckte den Kopf unter den Flügel.

Ab und zu, wenn sie Lust auf einen Tapetenwechsel bekamen, fuhren Claud und Maud mit der Untergrundbahn nach Hampstead Heath. Um die Wahrheit zu sagen, waren sie einmal bei einem U-Bahn-Ausflug zufällig, aber alsbald hell begeistert in Hampstead Heath gelandet. Soviel Platz! Jede Menge Futter! Keine Menschen! Oder fast keine. Manchmal bestiegen sie die U-Bahn auch nur zum Zeitvertreib, ohne sich darum zu kümmern, wo die Reise hinführte. Zum Trafalgar Square fanden sie immer zurück, selbst wenn sie sich ein bißchen anstrengen und hie und da ein paar Meter weit fliegen mußten. Was die Orientierung anging, so tat man sich mit dem Bus leichter, doch dafür gab es auf dem Oberdeck eines Busses nicht viel, woran man sich festkrallen konnte. Den Weg nach Hampstead Heath hatten sie sich gut eingeprägt. Wenn sie auf einen Bus aufsprangen, der in diese Richtung fuhr, hatten sie eine reelle Chance, ans Ziel zu gelangen, und falls der Bus dennoch vorher abbog, flogen sie einfach hinüber auf einen anderen, der ihnen vielversprechender erschien. Zweimal hatten sie es per Bus geschafft.

Trotzdem war es mit der U-Bahn lustiger, denn hier konnten sie sich präsentieren, und das gefiel Maud und Claud ganz außerordentlich. Die Leute lachten und zeigten auf sie, wenn Maud und Claud mit der Rolltreppe rauf und runter fuhren. Manchmal zückten sie auch ihre Kameras, wie draußen auf dem Trafalgar Square, und dann wurden sie mit Blitzlicht fotografiert.

«Vorsicht! Treten Sie ja nicht auf die Tauben! Haha!» Ausrufe wie diese waren ihnen inzwischen vertraut.

Maud wurde gelegentlich von der verschwommenen Erinnerung an eine Tochter heimgesucht, die man vor ihren Augen auf einem Gehsteig des Platzes niedergeknüppelt hatte. Das Junge hatte sie mit ihrem ersten Mann gehabt. Oder war das am Ende nur Einbildung? Jedenfalls ängstigte Maud sich bis auf den heutigen Tag vor Menschen, die einen Stock bei sich hatten oder auch nur einen Schirm, und solche sah man hier in rauhen Mengen. Wann immer ihr einer zu nahe kam, schrak Maud zusammen und hüpfte beiseite. Maud gab sich der Vorstellung hin, daß sie, falls ihr der Sinn danach stünde, leicht einen anderen Partner finden könnte, aber irgend etwas – sie konnte es nicht benennen – band sie an den Langweiler Claud.

Eines Samstagmorgens beschlossen sie einträchtig, sich nach Hampstead Heath abzusetzen. Am Trafalgar Square waren schreckliche Dinge im Gange. Menschenmassen stürmten den Platz, Tribünen wurden aufgebaut und Lautsprecher installiert. Kein Tag für Erdnüsse und Popcorn! Maud und Claud verdrückten sich in die U-Bahn-Station Whitehall.

«Och, guck mal, Mami!» rief ein kleines Mädchen. «Tauben!»

Maud und Claud ignorierten das Kind und hüpften weiter die Stufen hinunter. Unbemerkt, wenn auch von irgendwem getreten, huschten sie unter dem Drehkreuz durch und nahmen die Rolltreppe abwärts. Claud übernahm die Führung, obwohl er nicht wußte, wo es langging. Er sprang einfach auf den erstbesten Zug.

«Sieh dir das an! Tauben in der U-Bahn!» sagte jemand. Ein paar Leute lachten.

Maud und Claud gehörten zu den wenigen Passagieren, die nicht angerempelt wurden. Die Menschen machten ihnen sogar Platz. Als es ans Aussteigen ging, übernahm Claud wieder das Kommando und nickte gebieterisch. Er wußte nicht, wo er war, spielte jedoch gern den Ortskundigen.

«Sie steigen in den Fahrstuhl! Ha-haa-aa!»

Und wieder machte man ihnen Platz, als ob sie zur Prominenz gehörten.

In dem Gedränge auf der Treppe zur Straße mußten Maud und Claud allerdings ihre Flugkünste zu Hilfe nehmen. Erschöpft von der ungewohnten Anstrengung landeten sie in einem Sonnenfleck neben einem Zeitungsverkäufer. Diesmal war Maud voneweg. Eine der Straßen, die vom Bahnhof abzweigten, stieg leicht an, und die schlug sie ein. Sie erinnerte sich, daß Hampstead Heath auf einer Anhöhe lag. Claud folgte ihr.

«Ach, wie romantisch», hörte man eine Männerstimme sagen.

Die Stimme irrte sich. Claud machte oft den Cicerone, wenn er Maud seine Überlegenheit demonstrieren wollte, und dann konnte er sich darauf verlassen, daß Maud ihm bedingungslos folgen würde. Aber manchmal war es eben auch umgekehrt, und mit Paarungstrieb hatte das gar nichts zu tun. Drei Straßenzüge weiter war Maud von dem ewigen Gehopse den Bordstein rauf und runter müde geworden. Schuld war Claud, denn er war an der falschen Station ausgestiegen, und Maud, die ihn eingeholt hatte, gab ihm das mit einem Blick und mit abschätzigem Gurren zu verstehen. Auch sie hatte keine Ahnung, wo sie waren, obwohl sie wußte, daß der Trafalgar Square irgendwo rechts hinter ihr liegen mußte. Wenigstens würden sie sicher nach Hause finden. Aber das hier war nicht Hampstead Heath.

Dann witterte oder erspähte Maud zu ihrer Linken ein Stück Rasen, und mit einer Kopfbewegung, die ihre Brust blaugrün in der Sonne schillern ließ, dirigierte sie Claud in diese Richtung. Sie blieben kurz stehen, um ein Taxi vorbeizulassen, dann trippelten sie weiter. Rauf auf den Bordstein! Jetzt konnte Maud die Grünanlage schon sehen. Flügelschlagend legte sie einen Zahn zu, so daß ihre Füßchen das Tempo verdoppeln mußten. Sie brachte sogar die Energie auf, die knapp einen Meter hohe Umzäunung des kleinen Parks zu überfliegen.

Dort standen Bänke, auf denen Menschen saßen und ausruhten, die ansehnliche Grünfläche mit einem Teich in der Mitte war frei zugänglich. Maud begann zu picken.

Claud entdeckte ganz in der Nähe drei andere Tauben im Gras, ein Weibchen und zwei Männchen. Die würden ihn und Maud nicht freundlich aufnehmen, argwöhnte er. Aber die beiden Männchen waren im Moment anderweitig beschäftigt. Maud sagte sinngemäß, da könne Claud ja mal wieder sein Glück versuchen, und Claud erwiderte prompt, das gelte auch für sie. Maud stolzierte davon und zeigte der ganzen Bagage die kalte Schulter, Claud eingeschlossen. Claud hackte gerade nach einem Wurm und dachte, daß ihm Trockenfutter lieber gewesen wäre, als einer der beiden Täuberiche auf ihn losging.

Der Angreifer hatte die bessere Kondition. Claud schwang sich nur eine Handbreit vom Boden auf, weshalb seine Gegenattacke ziemlich lahm ausfiel. Claud trat den Rückzug an; tänzelnd, flügelschlagend und kollernd gab er zu verstehen, daß er sich belästigt fühle, sich indes keineswegs geschlagen gebe, sondern einfach keine Lust habe auf ein Duell.

Maud tat belustigt und blieb unbeteiligt.

Ganz plötzlich begann es zu schütten. Claud und Maud trippelten zum nächsten Baum. Das sah verdächtig nach Dauerregen aus. Sollten sie zurück zur U-Bahn und nach Hause fahren? Aber es war erst früher Nachmittag. Bei Regen krochen die Würmer aus der Erde, und vielleicht ließen sich ein, zwei Schnekken aufspüren. Mit einemmal stürzte Maud sich auf Claud und stieß ihm den Schnabel in den Hals.

Claud, der ohnehin schon schlechter Laune war, steuerte daraufhin den nächstbesten Gehweg an. Rasch entschlossen wandte er sich nach links. In die Richtung lag der U-Bahnhof, dachte er, und nach Hause ging es auch dort entlang.

Maud trippelte hinterdrein und haßte sich dafür, daß sie ihm folgte. Aber dann tröstete sie sich damit, daß sie Claud so wenigstens im Auge behielt und daß immerhin die Richtung zum Trafalgar Square einigermaßen stimmte. Clauds Canossa würde schon noch kommen, dachte Maud. Wenn sie sich ordentlich ins Zeug legte, überfiel vielleicht eines Tages ein jüngerer Täuberich ihr Nest und vertrieb Claud aus dem eigenen Heim. Das wäre die gerechte Strafe für –

Rumms!

Was war das?

Eine plötzliche Finsternis war über sie hereingebrochen. Claud saß, flatternd und kreischend, mit ihr in der Falle.

Maud hörte Kinderlachen. Ein Karton! Maud war das schon einmal passiert, und damals, ermunterte sie sich, damals war sie entkommen. Die Pappschachtel schurrte über das Pflaster, und Maud blieb mit einem Bein im Falz hängen. Das tat verteufelt weh. Plötzlich purzelten sie und Claud kopfüber, erhaschten einen kurzen Blick auf ein Fleckchen Himmel, und dann wurde ein dreckiger Mantel oder sonst ein Lumpen über den Karton geworfen. Die Kinder rannten so schnell, daß die beiden in ihrem Pappgefängnis ordentlich durchgeschüttelt wurden. Es ging eine Treppe hinunter, und dann wurden Maud und Claud auf den Fußboden eines lichtdurchfluteten Raums gekippt.

Eine Frau rief irgend etwas.

Die Kinder, zwei Jungen, lachten.

Maud flatterte auf den Tisch. Sie waren in der Küche eines der Häuser, in die sie und Claud schon oft durch ein Fenster im Souterrain hineingespäht hatten.

«Was habt ihr denn mit denen vor? ... *I-igitt!*»

Claud hatte sich auf den Rand des Spülsteins geflüchtet. Einer der Jungen setzte ihm nach, und Claud hopste vom Becken herunter in eine Ecke bei der Tür, die einen Spaltbreit offenstand.

Ein Junge streute Brotkrumen auf den Boden, aber Claud nahm keine Notiz davon. Ihn interessierte nur die Tür. Maud sah das wohl, aber was nützte eine offene Tür, wenn es nirgends sonst im Haus ein Schlupfloch gab? Maud ließ etwas fallen.

Die Frau quittierte es mit einem Aufschrei. Gut! Maud wußte aus Erfahrung, daß so ein kleiner Klecks viel bedeuten und viel bewirken konnte. Unter anderem konnte man damit seine Verachtung zum Ausdruck bringen. Maud war ein paarmal getreten worden, als sie auf eigenem Terrain, am Trafalgar Square, gekackt hatte, obwohl es dort gar nicht lästerlich gemeint war. Aber die Menschen waren eben nicht normal, sie waren verrückt, die meisten jedenfalls. Man wußte nie, wie sie sich verhalten würden. Eben noch Erdnüsse, und im nächsten Moment ein Knüppel.

Die Frau zeterte immer noch, und die Jungen, die mit ausgebreiteten Armen auf Claud Jagd machten, brüllten dazwischen. Claud flatterte auf und ließ eine Losung fallen, die einem der Jungen ins Gesicht klatschte. Gelächter. Claud landete taumelnd und schwankend auf einer Wäscheleine, die knapp unter der Decke gespannt war.

Ein großer, schwerer Mann mit dröhnender Stimme kam herein. Maud haßte ihn auf den ersten Blick. Er hielt eine lange, belfernde Predigt, dann beugte er sich zu Maud hinunter und sprach in sanfterem Ton mit ihr. Maud wich zwei Schritt zurück und schlug dabei den Porzellandeckel von irgendeinem Gefäß herunter. Aber sie behielt den Mann im Auge und machte sich bereit, zu Claud hinaufzuflüchten, falls der Mensch noch näher kommen sollte. Der Mann ging aus der Küche.

Die Frau stand unterdessen am Herd und röstete Popcorn. Maud und Claud erkannten es am Duft. Die Kinder alberten derweil kichernd am Spülbecken herum. Der Mann kam mit einer Art hohem Dreifuß zurück. Grelles Licht flammte auf. Maud und Claud begriffen. Das gleiche hatten sie, wenn auch in größerer Aufmachung, schon am Trafalgar Square gesehen: Dreifüße, bewegliche Podeste, scheußlich gleißende Lichter überall, die die Nacht zum Tag machten. Jetzt leuchtete der Mann Maud genau in die Augen, und sie drehte sich geblendet im Kreis. Die Kamera surrte. Maud hätte gern wieder etwas fallen lassen, aber momentan konnte sie nicht.

«Popcorn!» befahl der Mann.

«Kommt sofort!» rief die Frau und schwenkte die Pfanne so, daß sie mit Claud zusammenprallte, der eben sein Glück am Fenster versuchen wollte. Er hatte gehofft, das Oberlicht stünde vielleicht offen, aber bevor er das überprüfen konnte, lag er schon auf der

Seite am Boden. Doch er rappelte sich wieder hoch, als die Frau etwas Popcorn neben ihn streute. Claud fuhr zurück, als ob es Gift gewesen wäre.

«Haha!» lachte der Mann. «Scheuch sie wieder hoch, Simon!»

Das kleinere der beiden Scheusale fuchtelte mit den Armen vor Maud herum, während der andere Knabe drohend auf Claud zustapfte.

Maud und Claud schwangen sich unter wildem Flügelschlagen vom Boden auf. Claud plumpste wie ein gemästeter Adler auf den Kopf des Größeren nieder und krallte sich in seinen Haaren fest.

«Aua!» schrie der Junge.

Maud begnügte sich mit zwei deftigen Schnabelhieben in die Wangen des Kleineren und zerkratzte ihn nach Kräften, ehe sie sich gerade noch rechtzeitig vor der Faust des Mannes in Sicherheit brachte. Maud begriff, daß sie um ihr Leben kämpften. Und sie und Claud saßen in der Falle.

Die Frau rückte Claud mit dem Besen zu Leibe, verfehlte ihn aber ein ums andere Mal. «Mach das Fenster auf! Scheucht sie raus!»

«Denen dreh' ich den Kragen um! Die sind ja tollwütig!» brüllte der rotgesichtige Mann und eilte mit großen Schritten zum Fenster.

Maud sah wohl, daß der Mann in Rage war, aber wer hatte sie denn hierherein gebracht? Doch niemand anders als seine widerliche Brut. Just als der Mann die obere Hälfte des Fensters herunterließ, griff

Maud ihn an. Er wehrte sie mit einem Ellbogen ab und duckte sich.

Claud flog aus dem Fenster.

«Nimm den Besen!» schrie die Frau und drückte ihn dem Mann in die Hand.

Maud wich dem Besen aus, flatterte auf den Geschirrständer über dem Spülbecken, krallte sich krampfhaft an einer Untertasse fest, und als sie sich abstieß und zum Fenster emporschwang, fiel das Tellerchen ins Becken und zerbrach.

Wieder schrie die Frau auf, der Mann tobte, aber beider Gezeter verebbte, je weiter Maud davonflog. Etliche Meter weit trug sie die Kraft ihres Zorns, und dann ließ sie sich auf einer anständigen Straße nieder, wo sie wieder normal gehen und Atem schöpfen konnte. Ihr fiel ein Stein vom Herzen. Endlich raus aus diesem Irrenhaus! Großer Gott! Menschen wie die müßte man anzeigen! Maud reckte den Kopf und stieß bei jedem Schritt mit dem Schnabel in die Luft. Es gab Vereine – von Menschen! – jawohl –, die für die Tauben kämpften. Sie hatte selber gesehen, wie diese Leute auf dem Trafalgar Square Jungs daran hinderten, auf Tauben zu schießen oder auch nur nach ihnen zu werfen. Falls so einem Verein jemals diese Familie in die Hände fiele, dann würden sie denen aber die Hölle heiß machen.

Wo war Claud?

Maud blieb stehen und wandte sich um. Nicht, daß es sie sonderlich interessiert hätte, wo Claud abgeblie-

ben war. Wenn sie sich direkt auf den Heimweg machte, wie sie es vorhatte, dann würde Claud sich abends
schon einfinden, daran hegte sie keinen Zweifel. Und
überhaupt, was hatte sie da drin für eine Stütze gehabt
an ihm? Gar keine!

Erst hörte sie seine Stimme. Dann tauchte er hinter
ihr auf. Er wirkte völlig erschöpft, wie er ihr auf Beinen und Flügeln nacheilte. Maud schüttelte ihr Gefie-
der und ging weiter. Claud hielt sich jetzt neben ihr.
Er grummelte ein bißchen, genau wie Maud, aber allmählich besänftigten sich beide. Immerhin hatten sie
ihre Freiheit wieder, und sie waren auf dem Heimweg.
Unvermittelt steuerte Maud einen Bus an. Claud folgte und schaffte es mit Mühe und Not bis aufs Dach.
Haltsuchend kauerten sie sich aneinander. Manche
Busse schlingerten ganz fürchterlich. Unterwegs mußten sie umsteigen und auf gut Glück einen anderen
Bus nehmen, aber ihr Instinkt hatte sie nicht getro-
gen, und bald schon schaukelten sie über den Hay-
market. Daheim! Und es war noch nicht mal dunkel.
Der Himmel schimmerte rauchblau in Richtung der
untergehenden Sonne.

Es war, dachte Maud, noch Zeit, vor dem Schlafengehen ein paar Leckerbissen zu ergattern. Claud hatte die gleiche Idee, und so verließen sie in Whitehall
den Bus und schwebten auf ihr vertrautes Terrain
nieder.

Es waren nicht mehr viele Tauben unterwegs. In
den Schaufenstern flammten die ersten Lichter auf.

Ihre Ausbeute war armselig und meist zertrampelt. Und Maud war müde und nicht recht auf dem Damm.

Claud schoß ihr in die Quere und schnappte ihr einen Erdnußrest vor dem Schnabel weg.

Maud stürzte sich flügelschlagend auf ihn. Warum gab sie sich nur mit diesem habgierigen Egoisten ab? Auf den im übrigen rein gar kein Verlaß war, ja, der nicht einmal das Nest beschützen konnte, wenn ein Ei drin lag!

Claud revanchierte sich mit einem hinterhältigen Hieb nach ihrem Auge, der allerdings danebenging und sie nur am Kopf traf.

Und dann, urplötzlich – es war unmöglich festzustellen, ob die Initiative von Maud ausging oder von Claud –, griffen sie einen vorbeikommenden Kinderwagen an. Sie stürzten sich auf das Baby, hackten nach seinen Wangen, nach den Augen. Die junge Frau, die den Wagen schob, stieß einen Schrei aus und schlug so heftig nach den Tauben, daß sie Maud fast außer Gefecht gesetzt hätte. Doch binnen Sekunden kämpfte sie wieder Seite an Seite mit Claud im Wagen. Ein Paar eilte der Frau zu Hilfe, und die Tauben machten sich davon. Sie flogen über die Köpfe ihrer ohnmächtigen Gegner hinweg und ließen sich in einer Taubenschar nieder, die zu etlichen zwanzig rings um einen Abfallkorb nach Nahrung suchte.

Als die Frau mit dem Kinderwagen und ihre beiden Sekundanten sich den Tauben näherten, blieben Maud und Claud ganz gelassen, obwohl einige ihrer Artgenossen vor den wütenden Stimmen erschraken und die Köpfe hoben.

Der Mann rannte zwischen die Tauben, trat nach ihnen und fuchtelte brüllend mit den Armen. Die meisten Vögel machten sich träge und gemächlich aus dem Staub. Maud flatterte heimwärts, zu der gemütlichen Nische hinter der niedrigen Steinmauer, und als sie ankam, war Claud schon da. Beide waren schrecklich müde, weshalb sie sich vor dem Schlafengehen nicht einmal mehr angrummelten. So müde war Maud freilich nicht, daß sie die halbe Erdnuß vergessen hätte, die Claud ihr vor dem Schnabel weggeschnappt hatte. Warum blieb sie mit ihm zusammen? Warum blieb sie (oder blieben sie beide) *hier*, wo sie täglich Gefahr liefen, eingefangen zu werden, so wie heute, oder wo man von Menschen getreten wurde, die sogar an ihrer Kacke Anstoß nahmen? Warum? Ermattet von so viel Hader und Mißvergnügen schlief Maud ein.

Die Taubenattacke am Trafalgar Square, bei der ein Baby ein Auge verloren hatte, zeitigte ein paar Leserbriefe an die *Times*. Ansonsten blieb der Zwischenfall ohne Folgen.

Patricia Highsmith wurde am 19. Januar 1921 als Mary Patricia Plangman in Fort Worth, Texas, geboren. Da sich ihre Eltern schon kurz vor ihrer Geburt hatten scheiden lassen, wuchs das Kind bei der Großmutter auf. Als Patricia dreizehn war, zog sie mit ihrer Mutter und ihrem Stiefvater nach New York. Von 1938 an studierte sie am renommierten Barnard College englische Literaturwissenschaft, im Nebenfach Latein. In dieser Zeit konnte sie erste Short stories in der institutseigenen Zeitschrift unterbringen, deren Chefredakteurin sie 1942 wurde. «Beim Schreiben mag ich am allermeisten Ökonomie, und deshalb gefällt mir Maupassant», notiert die Neunzehnjährige; darüber hinaus berief sie sich auf Dostojewskij, Conrad, Poe, Stevenson und Hemingway. Eine Zeitlang hielt sich die begabte Erzählerin mit Gelegenheitsarbeiten über Wasser, etwa als Verkäuferin in der Spielzeugabteilung eines Kaufhauses, ehe sie 1943 einen Job als Comictexterin und Plotentwicklerin beim New Yorker Verlag *Fawcett* angeboten bekam.

Ein erster Romanversuch namens *The Click of the Shutting* blieb Anfang der vierziger Jahre unvollendet. Durch Veröffentlichung ihrer Texte in Magazinen machte sie sich nach und nach einen Namen; so kaufte *Home and Garden* 1943 eine ihrer Stories, und zwei Jahre später veröffentlichte das bekannte Modeblatt *Harper's Bazaar* die Erzählung *The Heroine*. Zwischen dem Berufswunsch der «Zeichnerin» und dem der «Schriftstellerin» schwankend, hatte sie sich nun endgültig für letzteres entschieden. Der literarische Durchbruch kam 1951 dank der Hitchcock-Verfilmung ihres Romans *Stranger on a Train*. Der kommerzielle Erfolg ihres Schaffens ermöglichte ihr ausgedehnte Reisen, die sie bis nach Europa führten. In der süditalienischen Künstlerkolonie Positano kam ihr schließlich die Idee zu dem bewußt amoralischen Romanhelden Tom Ripley, einer in ihrer Abgründigkeit faszinierenden Figur, die mit allen Mitteln versucht, sich ein Leben in Saus und Braus zu ergaunern. Ripley begleitete sie nun über etliche Jahre und Bücher hinweg und wurde dank diverser Verfilmungen zur Legende.

1963 zog Patricia Highsmith nach Europa, wo sie es selten mehr als einige Jahre am gleichen Fleck aushielt: Diverse Orte in Italien, Großbritannien, Frankreich wurden zur vorläufigen Wahlheimat. Von 1981 bis zu ihrem Tod am 4. Februar 1995 lebte sie in Tegna im Tessin. Außer zweiundzwanzig Romanen, denen sie ihre Berühmtheit verdankt, schrieb die überaus produktive Autorin eine Unzahl von Short stories. Etliche davon fanden sich in ihrem umfangreichen Nachlaß. Darunter verdienen jene besondere Beachtung, die nicht einem wie auch immer gearteten

Krimiverlauf folgen, sondern als knappe, «ökono-
misch» gebaute Menschen- und Milieustudien echte
Glanzstücke des Genres darstellen. In ihnen wird die
künstlerische Vielseitigkeit der modernen Klassikerin
Patricia Highsmith erfahrbar.

QUELLENNACHWEIS

Patricia Highsmith, *Das mürrische Taubenpaar*
aus: Patricia Highsmith, *Die Augen der Mrs. Blynn*
Aus dem Amerikanischen von Christa E. Seibicke
Copyright © 2002 Diogenes Verlag AG, Zürich

INHALT

Umschlagmotiv:
Isabel Kirschner «Am Meer» (2005)
© Isabel Kirschner

Diese Buchausgabe wurde aus der Bembo gesetzt.
Das FSC-zertifizierte Papier Munken Print liefert
Arctic Paper Munkedals AB, Schweden.
Alle verwendeten Materialien entsprechen alterungs-
beständiger Qualität, die Papiere sind
chlor- und säurefrei.
Printed in Germany 2008
ISBN 978-3-7175-4069-4

www.manesse.ch